闺门雅韵书系·编织　巧手创造时尚　情趣美化生活

靓丽毛衣巧编织

［韩］主妇生活社

权效妮　石俊群　译

青岛出版社

QINGDAO PUBLISHING HOUSE

图书在版编目（CIP）数据

靓丽毛衣巧编织 / 韩国主妇生活社编；权效妮，石俊群译. – 青岛：

青岛出版社，2009.1　　（闺门雅韵．编织）

ISBN 978-7-5436-4996-5

Ⅰ.靓… Ⅱ.①韩…②权…③石… Ⅲ.绒线 – 编织 – 图集 Ⅳ.TS941.763-64

中国版本图书馆CIP数据核字(2008)第179042号

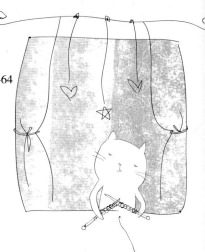

本书中文简体出版权由韩国学园社授权

山东省版权局版权登记号：图字15-2007-072号

书　　名	靓丽毛衣巧编织
译　　者	权效妮　石俊群
出版发行	青岛出版社
社　　址	青岛市徐州路77号(266071)
本社网址	http://www.qdpub.com
邮购电话	13335059110　0532-80998664　传真　0532-85814750
策划组稿	张化新
责任编辑	范开玉
特邀编辑	纪承志
责任校对	王宁　田磊
封面设计	周雅榕
制　　版	青岛艺鑫制版有限公司
印　　刷	青岛名扬数码印刷有限责任公司
出版日期	2011年1月第2版　2011年1月第2次印刷
开　　本	16开(720mm×1020mm)
印　　张	6.5
书　　号	ISBN 978-7-5436-4996-5
定　　价	19.00元

编校质量、盗版监督免费服务电话　8009186216

(青岛版图书售后如发现倒装、错装、字迹模糊、缺页、散页等质量问题，请寄回青岛出版社

印刷处调换。电话：0532-80998826)

handmade color knits

张扬个性的 编织力量

　　在某些特别的日子里，在某些特别的场合中，最能展现自我风采的便是手编的织物了。自豪感会在一片羡慕的目光中油然而生，所表现出来的自信，还有能让家人光彩照人的编织工艺，不正是所有编织者们满怀幸福地握针的真正动力吗？

　　今天，编者也是以这种心情握针并尝试设计制作衣服的。而且，这里收集了多种充满真情和风度的毛衣——坎肩&夹克衫。通过展现自我个性的小小织针的力量，向读者呈现具有独特风格的服饰。

　　最后向全心全意致力于设计以及协助作品编织的全体创作者们致以衷心的感谢！

编者 宋英礼

目 录 CONTENTS

要知
道噢！

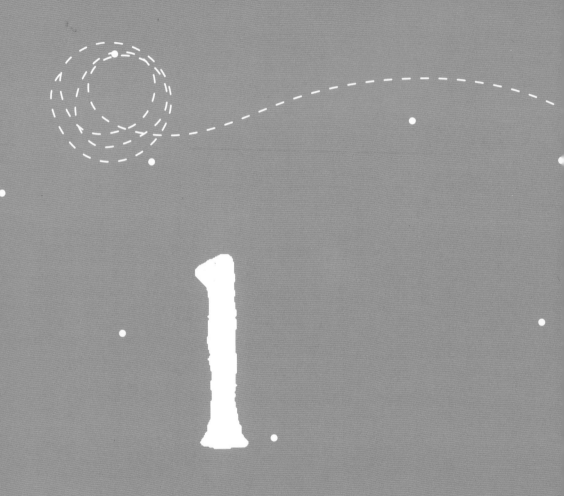

1

handmade kidsknits

Open shirt

PART 07 夹克衫&坎肩

在寒冷的冬天，夹克衫或坎肩可以简单地套在衬衣外面，舒适而美观。如果你看着一件件成品夹克衫或坎肩，感觉其编织复杂，正在为是否编织下去而犹豫不决的话，那么不妨尝试挑战一下本书中的款式。只用棒针平织和钩针编织就可以完成的轻便帅气的造型，如此简单易行，你还犹豫什么呢?

休闲帅气的夹克衫 & 坎肩

★只用基本的平针法便可轻松织成的坎肩和卡迪根式夹克衫。利用色彩的搭配设计花纹的套装，显现出男人高雅整洁的气质。

★成品尺寸
毛衣 胸围：124cm
　　 衣长：68cm
　　 袖长：61cm
坎肩 胸围：116cm
　　 衣长：61cm

★材料和用具
线
夹克衫 光平绒线：浅绿色600g，军绿色50g，黄色30g
坎肩 光平绒线：浅绿色300g，军绿色50g，黄色30g
针
直径3mm和3.5mm的棒针，
缝针
其他
拉链

★标准尺寸
24针36行

●使用的编织符号●
┃　　下针
┠┨　单罗纹针
人　中上3针并1针

休闲帅气的夹克衫和坎肩

§衣身的编织§

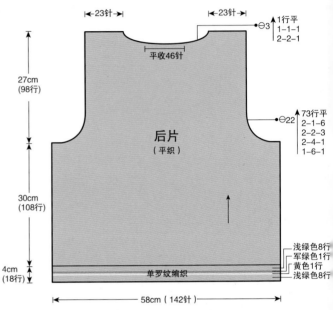

←23针→　　　←23针→

平收46针

⊝3｜1行平
　　1-1-1
　　2-2-1

27cm
(98行)

后片
（平织）

⊝22｜73行平
　　2-1-6
　　2-2-3
　　2-4-1
　　1-6-1

30cm
(108行)

浅绿色8行
军绿色1行
黄色1行
浅绿色8行

单罗纹编织

4cm
(18行)

←──────58cm（142针）──────→

★坎肩

◆后片

❶ 用别线以一般针起72针。

❷ 以直径3mm的棒针配浅绿色光平绒线，用延伸针织成142针单罗纹针，织8行。再织黄色1行、军绿色1行，浅绿色8行。

❸ 换用直径3.5mm棒针，平织108行。

❹ 两侧袖窿各减22针，再平织73行。

❺ 肩针编织26针后逆返，按照图示给后领围减针，再织1行。剩下的针圈挂在棒针上。

❻ 在领围第1针上挂新线，平收46针。用编织右侧的方法给后领围减针。剩下的针圈挂在棒针上。

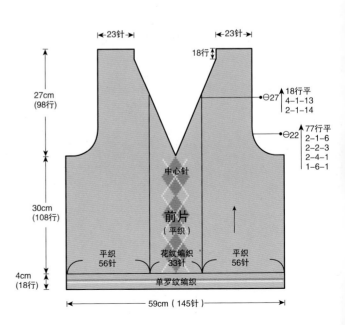

←23针→　　　←23针→

18行

27cm
(98行)

⊝27｜18行平
　　4-1-13
　　2-1-14

中心针

⊝22｜77行平
　　2-1-6
　　2-2-3
　　2-4-1
　　1-6-1

前片
（平织）

30cm
(108行)

平织
56针

花纹编织
33针

平织
56针

单罗纹编织

4cm
(18行)

←──────59cm（145针）──────→

花样编织

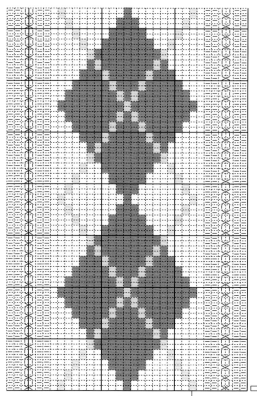

◆前片

① 起73针。

② 用直径3mm的棒针编织浅绿色平绒线，以延伸的罗纹针织145针，织8行，黄色1行，军绿色1行，再织浅绿色8行。

③ 换用3.5mm棒针，平织56针，花纹编织33针，平织56针，织108行。

④ 减织袖口同时一起减前脖，第1行袖口减6针再织66针后，翻面返回，再织1行，第二次减袖口的同时也减前脖，剩下的针圈挂在棒针上。

⑤ 中间留一针，在领口第一针另起新线和右侧一样的方法减袖口和前脖，剩下的针圈挂在棒针上。

●最后织上黄色花纹即可完成。

§收针§

领围起242针，以单罗纹织11行，再用缝针缝合。

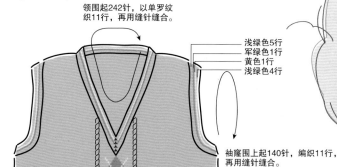

浅绿色5行
军绿色1行
黄色1行
浅绿色4行

袖窿围上起140针，编织11行，再用缝针缝合。

完成

❶把前后片对齐用平收针连接肩膀。

❷前后片边缘对齐，用缝合针连接。

❸在领围处，用直径3mm的棒针起242针，进行浅绿色5行，军绿色1行，黄色1行，浅绿色4行的单罗纹编织。这时每行中心3针并1针。织完11行后以缝针收针。

❹在袖窿上起140针，如图所示配色，以单罗纹编织，织完11行后用缝针收针。

❺另一侧袖窿也以同样的方法编织。

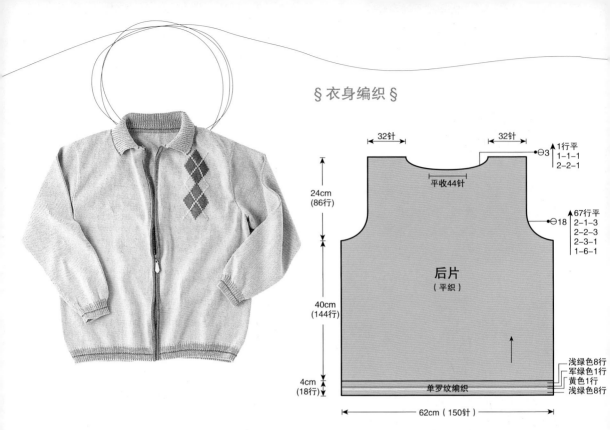

§ 衣身编织 §

32针   32针

⊖3 1行平
1-1-1
2-2-1

平收44针

24cm
(86行)

67行平
⊖18 2-1-3
2-2-3
2-3-1
1-6-1

后片
(平织)

40cm
(144行)

浅绿色8行
军绿色1行
黄色1行
浅绿色8行

4cm
(18行)

单罗纹编织

62cm (150针)

★夹克衫

◆后片

1. 用别线以一般针起76针。
2. 用直径3mm的棒针以延伸的单罗纹编织浅绿色的光平绒线150针,织8行。再换线编织黄色1行、军绿色1行,浅绿色8行。
3. 换用直径3.5mm的棒针平织144行。
4. 两侧的袖窿各减18针,织67行。
5. 肩针编织35针后逆返,按照图示给后领围减针,再织1行。剩下的针圈挂在棒针上。
6. 在领围第1针上挂新线,平收44针。用编织右侧的方法给后领围减针,剩下的针圈挂在棒针上。

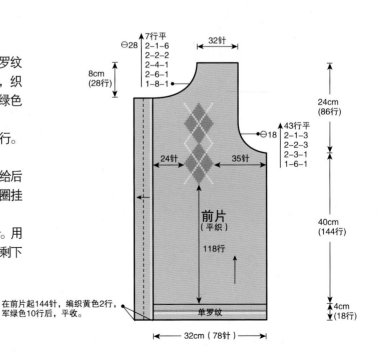

7行平
⊖28 2-1-6
2-2-2
2-4-1
2-6-1
1-8-1

8cm
(28行)

32针

24cm
(86行)

43行平
⊖18 2-1-3
2-2-3
2-3-1
1-6-1

24针   35针

前片
(平织)

118行

40cm
(144行)

单罗纹

4cm
(18行)

在前片起144针,编织黄色2行,
军绿色10行后,平收。

32cm (78针)

花样编织

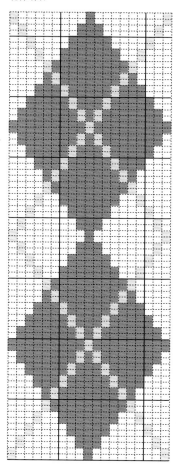

◆前片

① 用别线以一般针起40针。

② 用直径3mm的棒针以延伸的罗纹针
织浅绿色平绒线78针，编织8行。再
换色编织，黄色1行、军绿色1行、
浅绿色8行。

③ 换用直径3.5mm的棒针平织118行，
从119行开始插入配色花纹，再织
26行。

④ 袖窿处减18针再织43行，然后和前领
围一起减针，减28针，再织7行。这
时继续编织配色花纹，剩下的针圈挂
在棒针上。

⑤ 以同样的方法织对称的另一片，这
时不必插入配色花纹。

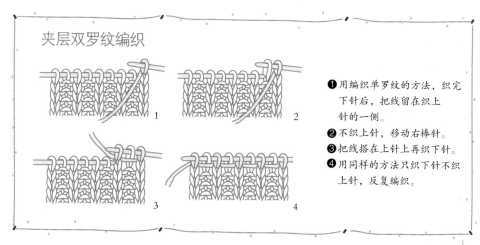

夹层双罗纹编织

❶用编织单罗纹的方法，织完
下针后，把线留在织上
针的一侧。

❷不织上针，移动右棒针。

❸把线搭在上针上再织下针。

❹用同样的方法只织下针不织
上针，反复编织。

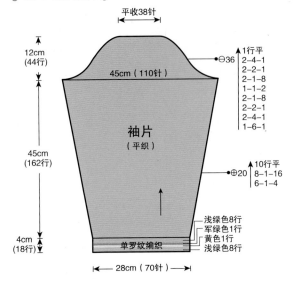

§ 袖子的编织 §

平收38针

12cm
(44行)

45cm（110针）

45cm
(162行)

袖片
（平织）

4cm
(18行)

28cm（70针）

1行平
2-4-1
2-2-1
2-1-8
1-1-2
2-1-8
2-2-1
2-4-1
1-6-1

⊖36

10行平
8-1-16
6-1-4

⊕20

浅绿色8行
军绿色1行
黄色1行
浅绿色8行

单罗纹编织

◆袖子

① 用别线以一般针起36针。

② 用浅绿色光平绒线以直径3mm的棒针以延伸罗纹针编织70针，织8行。再换色编织黄色1行，军绿色1行，浅绿色8行。

③ 换用直径3.5mm的棒针，平织162行。这时两边各加20针。

④ 袖山各减36针，织44行，剩下的38针平收。以同样的方法再织一片。

完成

① 把前后片搭配对齐，用平收法连接肩膀。

② 把前后片的边缘对齐，用缝针连接。

③ 用棒针连接袖子的边线，做成圆桶形。

④ 把衣身的袖窿和袖山对齐，用钩针以引拔针连接。

⑤ 用直径3mm的棒针在前身起144针，织黄色2行，军绿色10行后向内侧折叠并锁边。另一侧也以同样的方法编织。

⑥ 在领口处起117针，编织夹层罗纹段，浅绿色5行，黄色1行，军绿色1行，浅绿色3行。再用单罗纹编织28行浅绿色，1行黄色，1行军绿色，最后用缝针收针。

⑦ 在前片缝上拉锁后即可。

§ 收针 §

在领口起117针，夹层罗纹针织10行后，再单罗纹织30行，以棒针收针。

衣领的配色编织

11cm
(40行)

单罗纹编织

夹层罗纹段10行

117针

军绿色1行
黄色1行
浅绿色28行
浅绿色3行
军绿色1行
黄色1行
浅绿色5行

夹层罗纹段

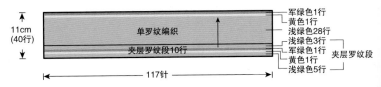

书中出现的 图案解读法

如果熟悉手工编织，只看图示就能顺利地进行编织。但对于初学者来说，只看图案是远远不够的。那就让我们参考图案解读方法，按部就班地进行编织吧。

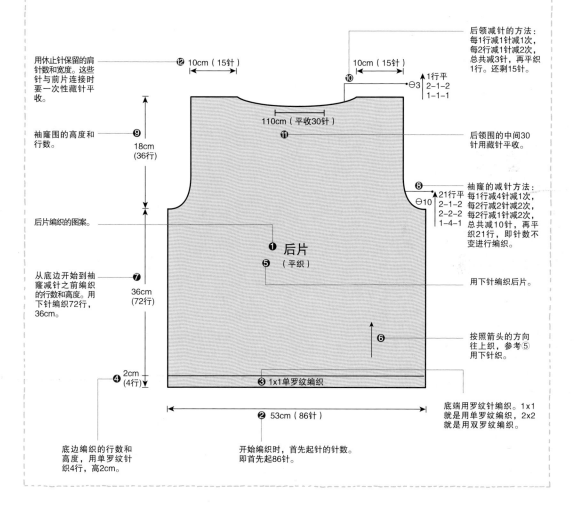

用休止针保留的肩针数和宽度。这些针与前片连接时要一次性藏针平收。

⑫ 10cm（15针）

后领减针的方法：每1行减1针减1次，每2行减1针减2次，总共减3针，再平织1行。还剩15针。

10cm（15针）

⑩
1行平
⊖3
2-1-2
1-1-1

袖窿围的高度和行数。 ⑨

18cm（36行）

110cm（平收30针）
⑪

后领围的中间30针用藏针平收。

⑧
21行平
⊖10
2-1-2
2-2-2
1-4-1

袖窿的减针方法：每1行减4针减1次，每2行减2针减2次，每2行减1针减2次，总共减10针，再平织21行，即针数不变进行编织。

后片编织的图案。

❶ 后片
❺ （平织）

用下针编织后片。

从底边开始到袖窿减针之前编织的行数和高度。用下针编织72行，36cm。 ❼

36cm（72行）

❻

按照箭头的方向往上织，参考❺用下针织。

2cm（4行） ❹

❸ 1x1单罗纹编织

底边编织的行数和高度，用单罗纹针织4行，高2cm。

❷ 53cm（86针）

开始编织时，首先起针的针数。即首先起86针。

底端用罗纹针编织。1x1就是用单罗纹编织，2x2就是用双罗纹编织。

情侣坎肩 & 夹克帽子套装

★用粗线进行平织，以自然的配色方案编织成的情侣坎肩＆夹克帽子套装，没有复杂的装饰，仅凭肩头和帽子上的编织设计，就能充分展示出帅气和可爱的气质。

★**成品尺寸**
女式夹克和帽子
夹克 胸围：94cm
　　　衣长：52cm
　　　袖长：27cm
帽子 头围：56cm
男式坎肩
坎肩 胸围：104cm
　　　衣长：65cm

★**材料和用具**
线
女式情侣装
化纤皮毛线：朱黄混合色300g，紫色混合色450g
男式情侣装
化纤皮毛线：栗黄混合色650g，灰色混合色少许
针
直径7mm的棒针，10/0号钩针和7/0号缝针
其他
拉链两条

★**标准尺寸**
女式夹克　12针17行
男式坎肩　13针17行

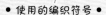

● 使用的编织符号 ●

❙	下针
❙─❙	单罗纹
✕	短针
人	左上2针并1针
入	右上2针并1针
干	逆短针

情侣坎肩 & 夹克帽子套装

§衣身的编织§

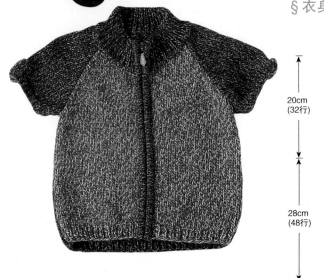

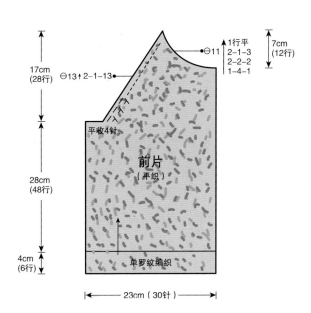

18cm（22针）

20cm
（32行）

$\ominus14$ ↑ 4-1-2
2-1-12

平收4针

平收4针

后片
（平织）

4cm
（6行）

单罗纹编织

47cm（58针）

★夹克

◆后片

❶ 用直径7mm的棒针配紫色混合线
起58针，用单罗纹织6行。

❷ 平织48行。

❸ 两侧袖窿各平收4针，然后依图减14
针，织32行。

❹ 剩下的22针平收。

◆前片

❶ 用直径7mm的棒针配朱黄混合色
化纤皮毛线以一般针起30针，用单
罗纹编织6行。

❷ 平织48行。

❸ 袖窿平收4针，再依图减13针。从
17行开始前领围减11针编织，共
织28行，剩下的2针平收。

❹ 用同样的方法再织对称的另一片。

7cm
（12行）

$\ominus11$ ↑ 1行平
2-1-3
2-2-2
1-4-1

17cm
（28行）

$\ominus13$↑2-1-13

平收4针

前片
（平织）

28cm
（48行）

4cm
（6行）

单罗纹编织

23cm（30针）

28cm
（48行）

§袖子的编织§

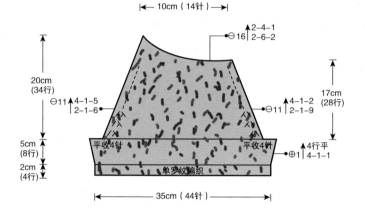

◆袖
① 以直径7mm的棒针配紫色复合化纤皮毛线，用单罗纹编织4行。
② 平织8行，两侧各加1针。
③ 袖山每侧各收4针。按照图示减针编织28行依图中斜线减针，左侧袖山继续减针编织。
④ 用同样的方法再织对称的另一片。

§收针§

袖口装饰带

13cm
(22行)

4cm(5针)

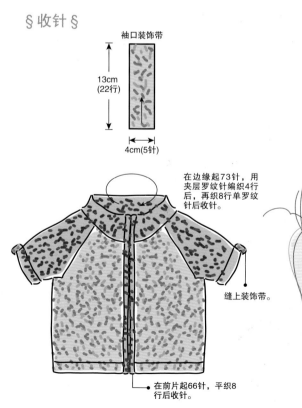

在边缘起73针，用夹层罗纹针编织4行后，再织8行单罗纹针后收针。

缝上装饰带。

在前片起66针，平织8行后收针。

完成

① 把前后片的侧线对齐用缝针连接。
② 袖子两侧用缝针连接，做成圆筒状。
③ 把织好的袖子连接到衣身的袖窿上。
④ 用朱黄混合色线在领围处起73针，用夹层罗纹针织4行后再织8行单罗纹针后收针。
⑤ 用朱黄混合色线在前片衣襟处起66针，平织8行后平收并折向内侧锁边。另一侧也以同样方法编织。
⑥ 如图编织2条装饰带，缝在两侧的袖子上。
⑦ 缝上拉链即可完成。

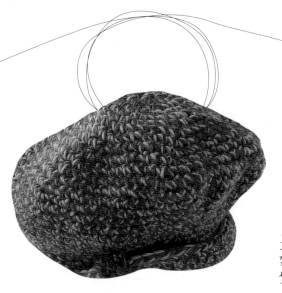

§ 帽子的编织 §

帽子顶部

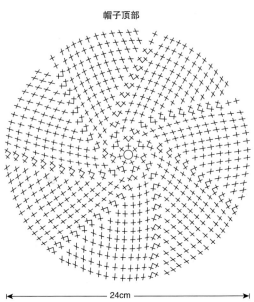

24cm

★ 帽子

① 用10/0号钩针配朱黄色混合线依图
　编织帽子的顶部。

② 按图示减针编织帽子的周围。

③ 在一侧起29针，如图所示编织帽沿。

④ 编织装饰带，缝在帽沿上。

⑤ 在帽子边缘用逆短针编织1行。

帽子周围

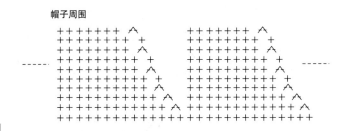

★ 坎肩

◆ 后片

① 用别线起36针，然后以直径7mm的
　棒针用延伸单罗纹织成70针，编织
　10行单罗纹针。

② 平织62行。

③ 两侧袖窿各减10针后再平织25行。

④ 一侧肩编织16针后返回，如图所示
　减针后再织一行，剩下的针圈挂在棒
　针上。

⑤ 在领围第一针上挂新线，平收18针
　后用同样的方法织另一肩。

帽沿

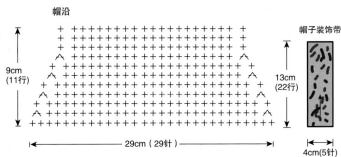

帽子装饰带

9cm
(11行)

13cm
(22行)

29cm（29针）

4cm(5针)

§坎肩编织§

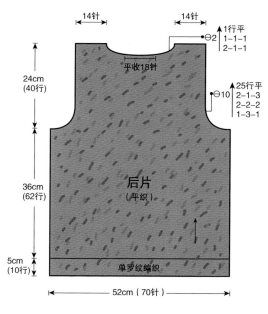

14针　14针

1行平
1-1-1
2-1-1
⊖2

平收18针

24cm
(40行)

25行平
2-1-3
2-2-2
1-3-1
⊖10

36cm
(62行)

后片
(平织)

5cm
(10行)

单罗纹编织

← 52cm（70针）→

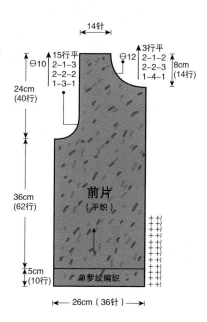

14针

15行平
2-1-3
2-2-2
1-3-1
⊖10

3行平
2-2-3
2-2-3
1-4-1
⊖12

8cm
(14行)

24cm
(40行)

36cm
(62行)

前片
(平织)

5cm
(10行)

单罗纹编织

← 26cm（36针）→

§收针§

肩部装饰带

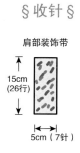

15cm
(26行)

5cm（7针）

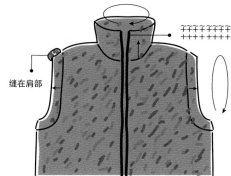

缝在肩部

在领围起57针，用单罗纹编织16行后用缝针收针。

在袖窿围起68针，用单罗纹编织5行后，用缝针收针。

完成

❶把前后片正反对齐后用缝针连接侧线收缝。

❷在领围处起57针，以单罗纹编织16行后用缝针收针。

❸在袖窿围起68针，以单罗纹编织5行后用缝针收针。另一侧也用同样的方法编织。

❹前襟织1行短针，1行逆短针。

❺一边肩膀缝上装饰带，再缝上拉链即可完成。

◆前片

❶用别线起18针。

❷直径7mm的棒针配栗色混合化纤皮毛线用延伸罗纹针织成36针，再编织10行。

❸平织62行。

❹袖窿减10针平织15行后，从27行开始给前领围减针，依图减12针后再织14行。

❺以相同的方法织对称的另一片。

配色柔软夹克衫

★为了美观舒适而采用暖色调配色编织的夹克衫。只用基本的平织就能轻松完成，是专门为初学者设计的作品。

★成品尺寸
胸围：122cm
衣长：65cm
袖长：63cm

★材料和用具
线
光平绒线：黄色700g，浅咔叽色50g，暗粉红色50g
针
直径3mm和3.5mm的棒针，3/0号钩针，缝针
其他
年糕式纽扣5枚

★标准尺寸
24针36行

● 使用的编织符号 ●

| 下针

|－| 单罗纹针

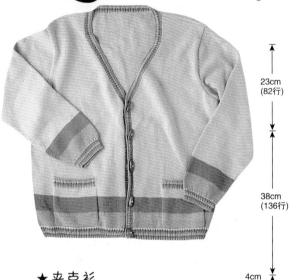

handmade color knits

配色柔软夹克衫

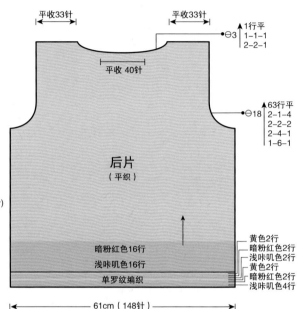

平收33针　　　　　　　平收33针

⊖3　1行平
1-1-1
2-2-1

平收40针

23cm
(82行)

63行平
⊖18　2-1-4
2-2-2
2-4-1
1-6-1

后片
（平织）

38cm
(136行)

黄色2行
暗粉红色16行　　暗粉红色2行
浅咔叽色16行　　浅咔叽色2行
黄色2行
暗粉红色2行
单罗纹编织　　　浅咔叽色4行

4cm
(14行)

61cm（148针）

★夹克衫

◆后片

❶ 用别线以一般针起75针。

❷ 用直径3mm的棒针配浅咔叽色线用延伸罗纹编织法织成148针，编织4行。按图示配色共织14行。

❸ 换用直径3.5mm的棒针编织浅咔叽色16行、暗粉红色16行、黄色104行。

❹ 两侧的袖窿各减18针再织63行。

❺ 肩针织36针，返回，按图示减后领围后再织一行。

❻ 在领围第一针上挂新线平收40针，用一样的方法缩减另一侧后领口。剩下的针圈挂在棒针上。

◆前片

❶ 用别线以一般针起40针。

❷ 用直径3mm的棒针配浅咔叽色线用延伸罗纹编织法织成78针，编织4行。按图示配色共织14行。

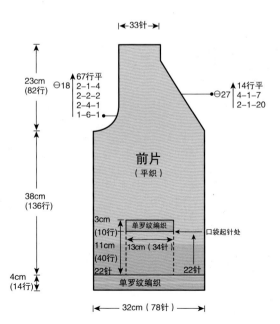

33针

23cm
(82行)

67行平
⊖18　2-1-4
2-2-2
2-4-1
1-6-1

14行平
⊖27　4-1-7
2-1-20

前片
（平织）

38cm
(136行)

3cm
(10行)　单罗纹编织　　口袋起针处

11cm
(40行)　13cm（34针）

22针　　　　　　　　　22针

单罗纹编织

4cm
(14行)

32cm（78针）

§袖子的编织§

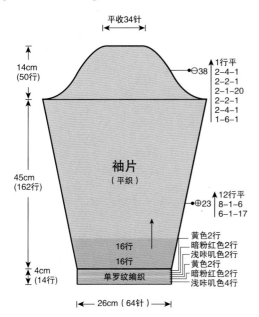

平收34针

14cm
(50行)

1行平
2-4-1
•⊖38
2-1-1
2-1-20
2-2-1
2-4-1
1-6-1

45cm
(162行)

袖片
（平织）

•⊕23
12行平
8-1-6
6-1-17

黄色2行
暗粉红色2行
浅咔叽色2行
黄色2行
暗粉红色2行
浅咔叽色4行

16行

16行

4cm
(14行)

单罗纹编织

├─ 26cm（64针）─┤

完成

❶把前后片正反对齐后用缝针连接肩膀。
❷把前后片两侧对齐用缝针连接。
❸袖片两侧用缝针连接，做成圆形。
❹将衣身的袖窿与袖山对齐，以钩针用引拔针连接。
❺用直径3mm的棒针配浅咔叽色线在领围、前襟处起403针。用单罗纹编织浅咔叽色3行，暗粉红色2行，黄色2行，浅咔叽色3行后收针。这时要按图示留出扣眼。
❻缝上纽扣即可完成。

§收针§

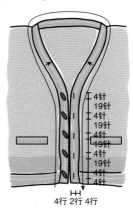

4针
19针
4针
19针
4针
19针
4针
19针
4针

4针 2行 4针

❸换用直径3.5mm的棒针织浅咔叽色16行，暗粉红色16行。编织黄色8行，口袋部分用别线编织2行，同时用黄色继续编织96行。
❹袖窿减18针后再织67行。袖窿减针时前领也同时减针。
❺剩下的33针挂在棒针上。
❻把口袋部分的别线解开，用直径3mm的棒针向下、上起针。按图示配色向下平织40行。向上以单罗纹配色编织10行后，用缝针收针。
❼为了突显出口袋的样子，在内侧罗纹段末行和衣身部分锁针并连接。

◆袖
❶用别线以一般针起33针。
❷用直径3mm的棒针配浅咔叽色光平绒线，用延伸罗纹针织成64针织4行。按图示配色共织14行。
❸换用直径3.5mm的棒针织浅咔叽色16行，暗粉红色16行，黄色130行，这时两侧各依图加23针。
❹按照图示减针编织袖山，剩下的34针挂在棒针上。用同样的方法再织1片。

十字开领夹克衫

★混合双色毛线织成的夹克衫充分体现出柔和色调。用平针简单地织完夹克衫后，在前襟处系上一条腰带即可。

★成品尺寸
胸围：88cm
衣长：60cm
袖长：60cm

★材料和用具
线
朱黄色高纺线500g，红色光平绒线250g
针
直径5mm和5.5mm的棒针，缝针

★标准尺寸
14针20.5行

• 使用的编织符号 •

I	下针
⊢⊢	单罗纹针
V	滑针
人	右上2针并1针
∩	延伸针

十字开领夹克衫

§衣身的编织§

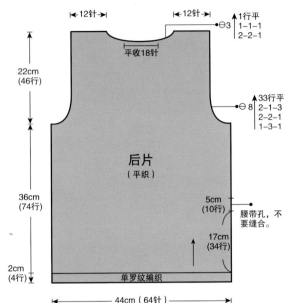

←12针→　　←12针→

平收18针

↑1行平
⊖3 { 1-1-1
2-2-1

22cm
(46行)

↑33行平
⊖8 { 2-1-3
2-2-1
1-3-1

后片
（平织）

36cm
(74行)

5cm
(10行)

腰带孔，不
要缝合。

17cm
(34行)

2cm
(4行)

单罗纹编织

←————44cm（64针）————→

★夹克衫

◆后片

❶ 将朱黄色高纺线和红色光平绒线各1股
合并后，用直径5mm的棒针以一般针起64
针，编织4行单罗纹。

❷ 换用直径5.5mm的棒针平织74行。

❸ 两侧袖窿各减8针后再织33行。

❹ 在第43行织15针后返回，按图示减后领围，
剩下的针圈挂在棒针上。

❺ 在领围第一针上挂新线，平收18针后按
同样方法减后领围，剩下的针圈挂在棒针
上。

◆前片

❶ 将朱黄色高纺线和红色光平绒线各1股合并
后，用直径5mm的棒针以一般针起50针，
编织4行单罗纹。

❷ 换用5.5mm的棒针平织74行，这时从第43
行开始同时按图示减前领围。

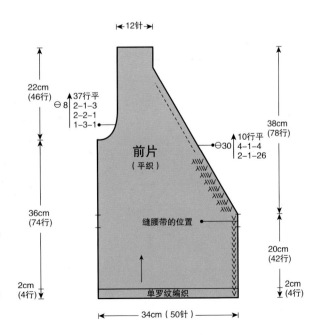

←12针→

22cm
(46行)

⊖8 { ↑37行平
2-1-3
2-2-1
1-3-1

前片
（平织）

36cm
(74行)

38cm
(78行)

↑10行平
⊖30 { 4-1-4
2-1-26

缝腰带的位置

20cm
(42行)

2cm
(4行)

单罗纹编织

2cm
(4行)

←————34cm（50针）————→

§袖子的编织§

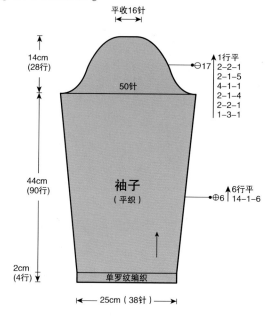

平收16针

14cm
(28行)

50针

1行平
2-2-1
2-1-5
4-1-1
2-1-4
2-2-1
1-3-1

⊖17

44cm
(90行)

袖子
（平织）

⊕6 6行平
14-1-6

2cm
(4行)

单罗纹编织

├── 25cm（38针）──┤

❸ 在75行缩减袖窿后再平织37行。

❹ 剩下的针圈挂在棒针上。

❺ 用同样的方法织对称的另一片。

◆袖子

❶ 将朱黄色高纺线和红色光平绒线各1股合并，用直径5mm的棒针以一般针起38针，用单罗纹编织4行。

❷ 换用直径5.5mm的棒针平织90行，此时两侧各加6针。

❸ 按图示两侧袖山各减17针，同时再编织28行，剩下的针平收。

❹ 用同样的方法再织1片。

§腰带的编织§

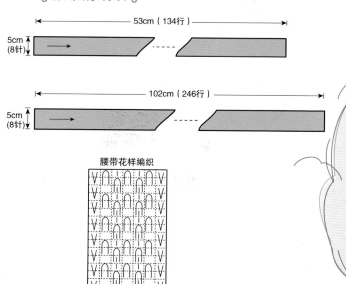

53cm（134行）

5cm
(8针)

102cm（246行）

5cm
(8针)

腰带花样编织

□=□

完成

❶ 把前后片搭配对齐，以缝针连接肩膀。

❷ 将前后片的两侧用缝针连接，这时图中标示腰带的部分不要缝合。

❸ 连接袖子两侧，做成圆筒形后，袖窿和袖子部分对齐，用钩针以引拔针连接。

❹ 用直径5mm的棒针以一般针起8针，用花样编织，一片织134行，一片织246行。

❺ 把短带缝在右侧前片的标示处，长带缝在左侧前片的标示处。

05 钩织网状夹克衫

★先编织袖子进行连接后，从袖子开始向下编织衣身，织法独特，袖筒宽松，只用钩针就能轻松愉快地编织而成。

★成品尺寸
胸围：118cm
衣长：50cm
袖长：41cm

★材料和用具
线
栗色光平绒400g
针
5/0号钩针，缝针
其他
装饰环，木扣2枚

★标准尺寸
$3\frac{1}{2}$个花样9行

• 使用的编织符号 •
下　长针
○　辫子针
十　短针

handmade color knits

钩织网状夹克衫

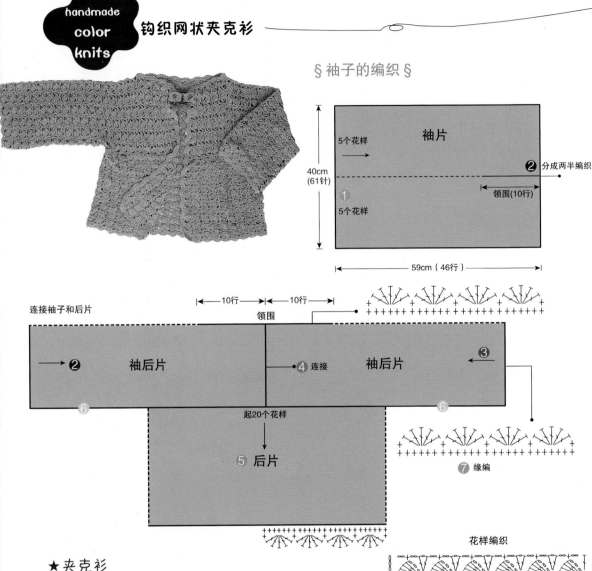

§ 袖子的编织 §

袖片

5个花样

40cm
(61针)

① 5个花样

② 分成两半编织

领围(10行)

59cm（46行）

连接袖子和后片

10行　10行

领围

② 袖后片

④ 连接

③ 袖后片

⑥

起20个花样

⑤ 后片

⑥

⑦ 缘编

花样编织

★夹克衫

① 以5/0号钩针配栗色光平绒线用辫子针起61针。

② 按照图示编织10个花样，编织36行。从37行开始分成两片，每片5个花样，织10行。

③ 用同样方法再织一片。

④ 按照图示把袖口和后片的5个花样连接。这时不连前片。

§衣身的编织§

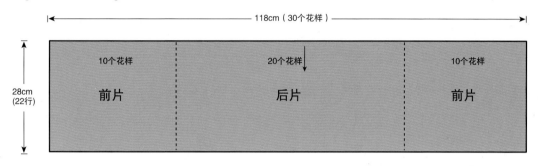

118cm（30个花样）

10个花样 20个花样 10个花样

前片 后片 前片

28cm
(22行)

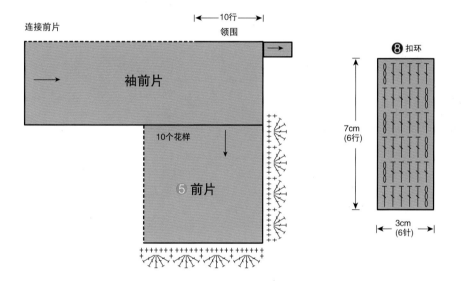

连接前片

10行
领围

袖前片

10个花样

⑤ 前片

⑧ 扣环

7cm
(6行)

3cm
(6针)

⑤ 在连接好的袖子上织衣身周边，在袖后片起20个花样，前片起10个花样，织22行，分别做衣身后片和前片。

⑥ 连好衣身后再连接袖子两侧边。

⑦ 在领围、前片、底边和袖边进行缘编。

⑧ 在前片起针织上扣环，另一侧也以同样方法织。

⑨ 在各扣环上缝上扣子后，中间用装饰环穿过即可。

象牙色可爱夹克衫

★设计独特的女性A字形夹克衫。在袖口和衣服下摆钩织蕾丝花边做装饰，更加突显可爱气息。

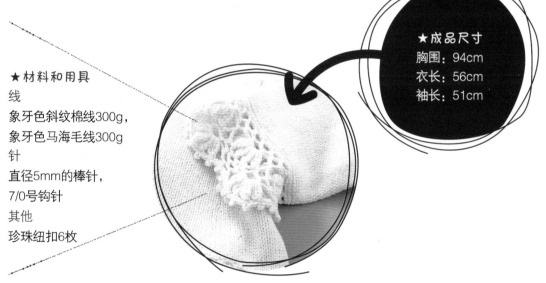

★成品尺寸
胸围：94cm
衣长：56cm
袖长：51cm

★材料和用具
线
象牙色斜纹棉线300g，
象牙色马海毛线300g
针
直径5mm的棒针，
7/0号钩针
其他
珍珠纽扣6枚

★标准尺寸
19针25行

• 使用的编织符号 •
| 下针
人 左上2针并1针
入 右上2针并1针
亚 长针3针的枣形针
十 短针
〇 辫子针
❀ 尖锤针

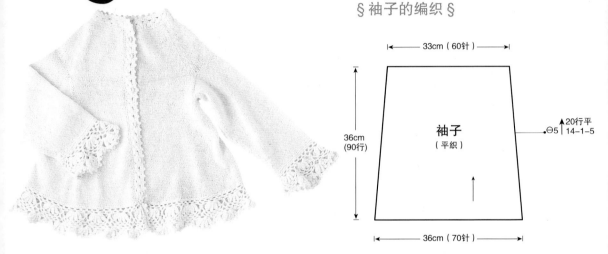

§袖子的编织§

象牙色可爱夹克衫

袖子的编织尺寸图：
- 33cm（60针）
- 36cm（90行）
- 36cm（70针）
- 袖子（平织）
- 20行平 14-1-5
- ⊖5

★夹克衫

◆后片

① 用别线以一般针起180针。

② 把象牙色斜纹棉线和象牙色马海毛线各1股合并后，用直径5mm的棒针平织8行。

③ 按图示分为5处，每6行减10针织24行，然后再织6行平收。

④ 从开始的部分，前片起30针织8行，袖子留30针休止针；后片起60针织8行，袖子留30针休止针，前片起30针织8行后用棒针穿过。

⑤ 袖子部分用别线各起20针，整体编织160针，穿在一根棒针上后按图示在5处每10行加10针织60行，再织10行收针。

衣身下摆和袖子底边的花样编织

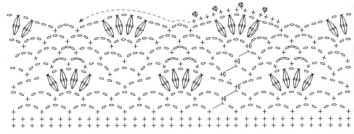

领围和前襟的花样编织

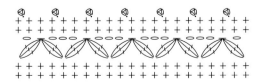

§衣身的编织§

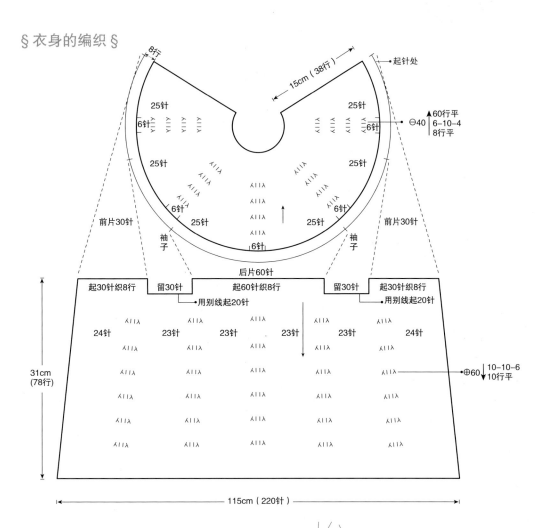

◆袖子
① 将保留的30针休止针和别线起的20针解开，在袖窿周边起70针。
② 再织90行，同时两侧各减5针后平收。
③ 两侧用缝针连接成圆筒。

完成

① 依图花样编织前襟和领围。
② 依图花样编织衣身下摆和袖子底边。
③ 缝上扣子即可完成。

2

handmade kidsknits

PART 无袖坎肩

Sleeveless shirt

　　用柔软毛线编织的坎肩既防寒又便活动，是冬季必
需的选择。搭配着穿，还能衬托披肩、帽子、套袖等的
娇俏风姿。

时尚斜领罩衫

★用简单的棒针针法编织而成的时尚流行斜领罩衫。天蓝的色调
与优雅的设计，勾勒出女性内在的神秘之美。

★材料和用具

线
天蓝色复合马海毛线120g，
天蓝色雪纺线100g，
青绿色雪纺线100g
针
直径6mm的棒针，
7/0号和5/0号钩针，
缝针
其他
用作腰带的环8个，
木珠（大）10个、
（小）17个

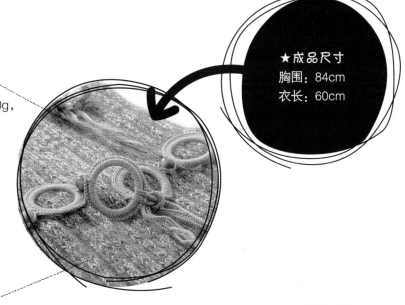

★成品尺寸
胸围：84cm
衣长：60cm

★标准尺寸
坎肩 17针21行

• 使用的编织符号 •

Ⅴ 滑针
Ⅰ 下针
Ⅱ－－ 双罗纹编织

时尚斜领罩衫

§ 衣身的编织 §

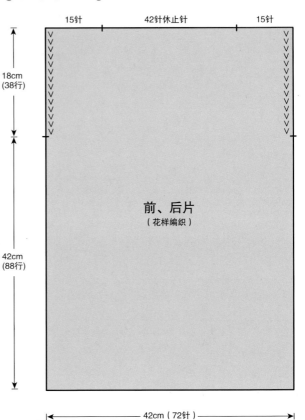

15针　　42针休止针　　15针

18cm
(38行)

42cm
(88行)

前、后片
（花样编织）

42cm（72针）

★卡迪根式夹克衫

◆后片

① 把天蓝色复合马海毛线和天蓝色、青绿色雪纺线各1股合并，用直径6mm的棒针以一般针起72针。

② 按图中花样编织88行。

③ 从89行起在两边进行滑针编织，织38行。

④ 各留15针作为肩针，另42针挂在棒针上留作休止针。

⑤ 用同样的方法再织一片。

花样编织

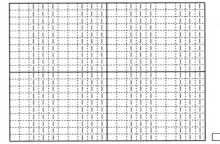

§收针§

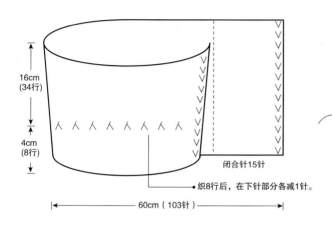

16cm
(34行)

4cm
(8行)

闭合针15针

织8行后，在下针部分各减1针。

60cm（103针）

完成

❶前后片对齐，用缝针连接肩膀。

❷衣身两侧用缝针缝合。

❸在保留休止针的前后两片上起针，
注意在肩部接缝处前后各起1针，
总共4针。然后再织15针闭和针。

❹编织8行花纹后，花样编织各减1针
形成双罗纹编织模式，再织34行。

❺按图示在领口进行边线编织。

❻将15针闭和针的部分向领围内侧折
叠后，从里面锁针。

§装饰花的编织§

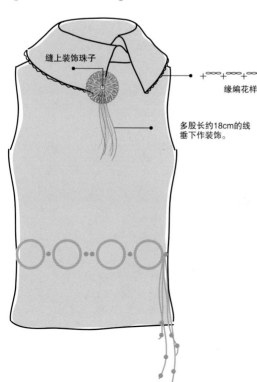

缝上装饰珠子

缘编花样

多股长约18cm的线
垂下作装饰。

★装饰花

❶用天蓝色和青绿色雪纺线各2股，即4股
线，按图示编织1行短环针。

❷编织第2行短环针。

❸在中间缝上有孔小珠，将几股线剪成约18cm
长，装饰在胸针上。

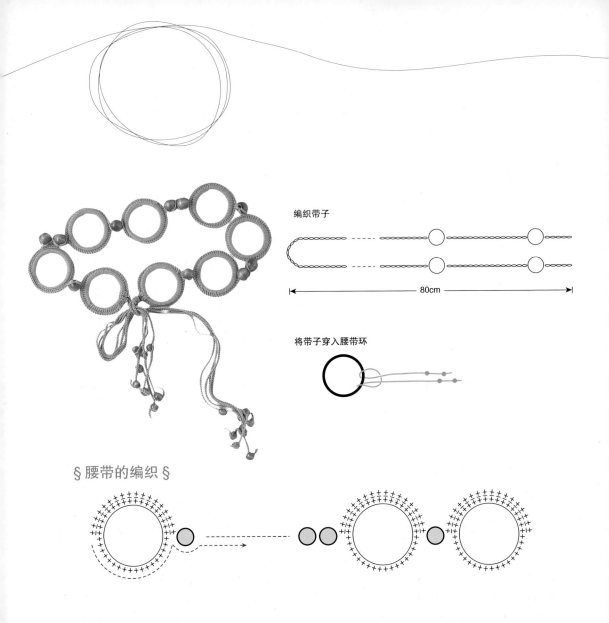

编织带子

80cm

将带子穿入腰带环

§ 腰带的编织 §

★腰带

❶ 用5/0钩针配2股青绿色雪纺线按图示以
短针编织腰带环并连接珠子。

❷ 编80cm辫子针作为带子同时放入珠子，
按图示编4根带子并穿入环中就完成了腰
带。

这种情况怎么办呢？

细心编织，活泼Q&A

1 怎么样才能不产生毛球呢？

毛球是多余的毛线互相纠缠而产生的自然现象。如果揪着毛球硬扯下来，还会继续产生，因此，若想彻底除去毛球，最好用镊剪或小剪刀将其剪去。想要不产生毛球，就要尽量减少多余的线头。为好动的孩子们编织衣服时，最好使用不易起球的毛线。

2 如何防止围巾向内侧翻卷？

只用下针编织成的围巾会向内翻卷，因为下针两端没有力气。想使其不翻卷的话，可以用单罗纹、双罗纹或起伏针进行编织。只用罗纹针或起伏针编织两端或周边也可以防止卷边。

3 如何使配色更漂亮？

如果想配色，可以将正在编织的线放在一边，再织要配色的线。配色完成后，继续编织一开始所有的线。若配色部分过宽的话，可以将线先剪断再重新连接。如果是在衣身中间配色，就要把正在编织的线和要配色的线稍微捻开后，用配色线进行编织。用两种颜色以上的线配色编织时，如果收拉的程度不同，会使成品皱巴巴的不平整。想使配色编织更漂亮的话，就要在交叉毛线进行配色时，多留半针左右的余地，使之产生弹性，这样还显得整齐利落。

4 剩下的编织毛线该如何保管？

剩下的线最好挂在衣柜里，那样既能防止发霉又少占空间。需长时间保管时，可用纸包上防虫剂和线一起放于空气流通处。若想让放久了的毛线和新线一样松软，可用热蒸气使之重新拥有新线的质感。人们通常会把剩线放在抽屉里保管，那样一来，如果通风不好，线就会发霉，下次便不能用了。

5 编织过程中，毛线经常纠缠打结该怎么办呢？

在市场上购买的毛线，既有成团的，也有成桄的。成团的可以直接使用，而成桄的线最好先缠成团再使用。应该准确地找准线头再缠绕，才能使线不纠缠打结。绕线时要在线与线之间放入2根手指，以免因为拉得过紧而将线损伤。如果从线团的外侧开始解开使用，线团会滚来滚去导致编织困难，而且容易纠缠打结，所以要尽量从线团的内侧开始抽线使用。

可爱的马海毛坎肩 & 披肩 & 帽子

★棒针法和钩针法自然融合而成的作品，马海毛线的自然复合色能充分展示披肩的魅力和胸花装饰的华丽。

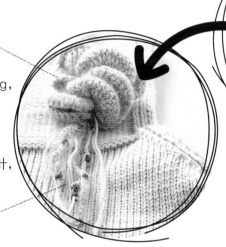

★成品尺寸

坎肩 胸围：86cm
　　 衣长：50cm
披肩 横向：44cm
　　 纵向：116cm
帽子 头围：50cm
　　 高：26cm

★材料和用具
线
粉红复合色马海毛线200g，
粉红色雪纺线200g，
粉红色马海毛线50g
针
直径4.5mm和5mm的棒针，
5/0和7/0号钩针，缝针
其他
装饰用珠子

★标准尺寸
　坎肩　19针32行，
　帽子　19针24行

● 使用的编织符号 ●

｜	下针
｜⊢	单罗纹针
下	长针
罕	长长针
十	短针
○	辫子针
∨	滑针
―	上针

可爱的马海毛坎肩 & 披肩 & 帽子

§衣身的编织§

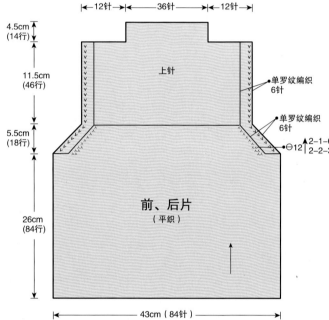

底边的花样编织

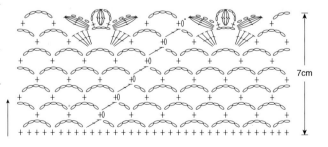

★坎肩

◆后片

❶ 用直径4.5mm的棒针配2股粉红色雪纺线，以一般针起84针后平织84行。

❷ 按图示，两侧各用单罗纹编织6针，接着编织18行。在此过程中两边各减12针。同时，两端用滑针编织。

❸ 给袖窿减针之后，两侧仍用单罗纹编织6针，再上针编织46行。

❹ 肩针各留12针休止针，中间的36针以上针编织14行后松弛地平收。

❺ 用同样的方法再织一片。

§装饰花的编织§

装饰花顶部编织（雪纺线2股）

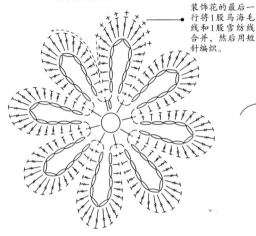

装饰花的最后一行将1股马海毛线和1股雪纺线合并，然后用短针编织。

装饰花底片编织
（马海毛线1股，雪纺线1股）

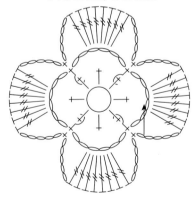

装饰带的编织

|←—————————— 13cm ——————————→|

完成

① 把前后片对齐后，用缝针连接肩部。

② 将前后片的两侧边线和领围边线对齐，用缝针连接。

③ 依图，用1股粉红复合色马海毛线对底边进行花样编织。

④ 用2股雪纺线编织装饰花，并用1股马海毛线和1股雪纺线的合线在周边编织1行短针。再将1股马海毛线和1股雪纺线合并，在装饰花底部编织装饰花底片。

⑤ 用马海毛线和雪纺线按图示编织3条装饰带，在辫子编织里穿上珠子。

⑥ 将装饰带和几股马海毛线、雪纺线垂挂于装饰花上。

⑦ 把做完的装饰花缝在坎肩上。

§收针§

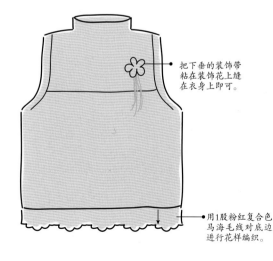

把下垂的装饰带粘在装饰花上缝在衣身上即可。

用1股粉红复合色马海毛线对底边进行花样编织。

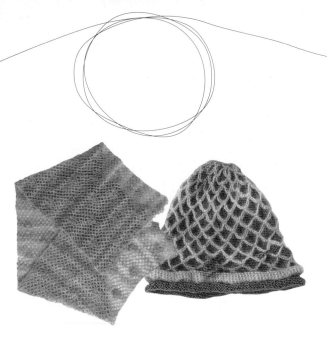

§ 披肩的编织 §

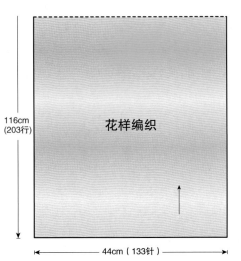

116cm
(203行)

花样编织

44cm（133针）

★ 披肩

❶ 用7/0号钩针配粉红复合色马海毛
   线起133针辫子针。

❷ 按图示进行花样编织，织116cm。

❸ 在底边另起针按图示编织。

★ 帽子

❶ 用直径5mm的棒针配2股马海毛线
   以一般针起120针进行编织。

❷ 将整体针数分为12份，每份10针，
   按图示每份每8行减1针，减3次，
   织24行。

❸ 每份各减1针织20行后，再平织10
   行。

❹ 每份每2行减1针，减5次，剩下的
   12针用缝针穿过后系在一起。

❺ 帽网部分用马海毛线和5/0号钩针如
   图所示编织。先加针织到第5行，
   再不加针织到15行，然后用短针织
   5行。

花样编织（披肩）

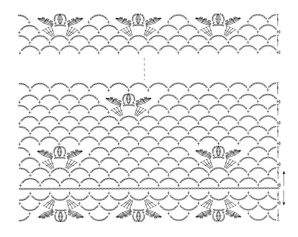

§帽子的编织§

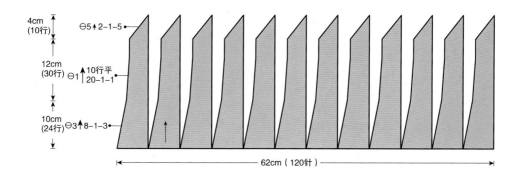

4cm
(10行)
⊖5↑2-1-5

12cm
(30行)
⊖1↑10行平
20-1-1

10cm
(24行)
⊖3↑8-1-3

62cm（120针）

§收针§

花样编织
（帽网部分）

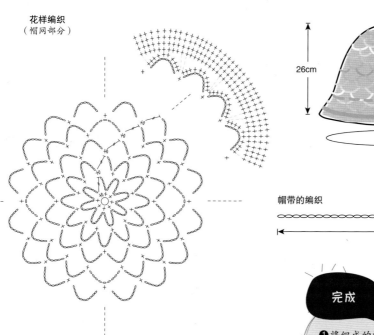

26cm

62cm

● 将帽带穿入后系起来。
● 将帽网盖在帽子上，用
针连接。

帽带的编织

70cm

完成

❶将织成的帽网按图示罩在粉红色帽顶
上，用针穿过连接。

❷将2股马海毛线用7/0号钩针织70cm辫
子针。

❸把织完的帽带按图示穿入帽网中即可。

无袖半外套 & 笼袖

★该款是衣身前后片一气呵成的筒织无袖半外套和套过手指的配套笼袖。它们将轻绒毛尼龙线特有的华丽质感与衣服本身的华贵完美的融合。

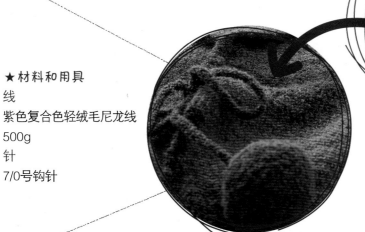

★成品尺寸
外套 胸围：88cm
　　 衣长：80cm
笼袖 袖长：43cm
　　 袖围：30cm

★材料和用具
线
紫色复合色轻绒毛尼龙线
500g
针
7/0号钩针

★标准尺寸
14针7行

● 使用的编织符号 ●
下　长针
十　短针
〇　辫子针

handmade color knits

无袖半外套 & 笼袖

§ 衣身的编织 §

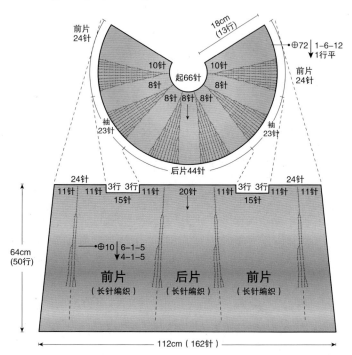

前片24针

18cm（13行）

⊕72 │ 1-6-12
↓1行平

前片24针

10针　10针

起66针

8针　8针

8针 8针 8针

袖23针

袖23针

后片44针

24针

11针　11针　3行　3行　11针　20针　11针　3行　3行　11针　11针

15针　15针

64cm（50行）

→⊕10 │ 6-1-5
↓4-1-5

前片
（长针编织）

后片
（长针编织）

前片
（长针编织）

112cm（162针）

★ 外套

① 用7/0号钩针配紫色复合色毛线以辫子针起66针，织1行长针。

② 按图示在6个位置每行加一针，共织13行。

③ 按图示分为前片、袖子和后片，其中前片24针，后片44针，前片24针部分先各织3行。

④ 织第4行时袖子部分也织15针辫子针，连接前后片。

⑤ 如图所示在四处各加10针，共加40针，织50行。

⑥ 领围处前片的两侧各留10针，只把剩下的46针起长针，依图两侧各加7针，织7行。

§ 收针 §

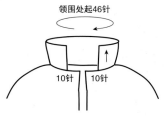

领围处起46针

10针　10针

衣领的编织

42cm（60针）

10cm（7行）

衣领
长针编织

⊕7 │ 1-1-7

32cm（46针）

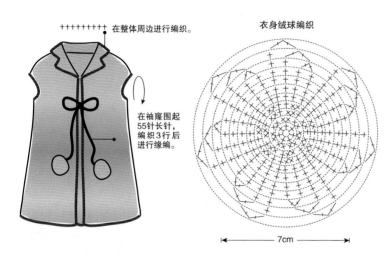

++++++++++ 在整体周边进行编织。

衣身绒球编织

在袖窿围起55针长针，编织3行后进行缘编。

§ 笼袖的编织 §

⑦ 然后在袖窿围起55针长针，编织3行后，用深色线绕袖窿织一圈短针。

⑧ 做2个绒球，用两股线织50cm辫子针，缝在前襟。

★ 笼袖

① 用7/0号钩针配轻绒毛尼龙线，以辫子针起40针，用长针织成圆形。

② 每10行减2针，织30行。

③ 在一侧起16针再织5行，同时每侧减4针，共减8针。

④ 手指部分以辫子针编织，窿袖上面和手部凸出部分用深色线进行短针编织。

⑤ 做好绒球，用辫子针织一条98cm长的带子，穿在笼袖上部并系好。

⑥ 用同样的方法再织一片。

7cm

§ 收针 §

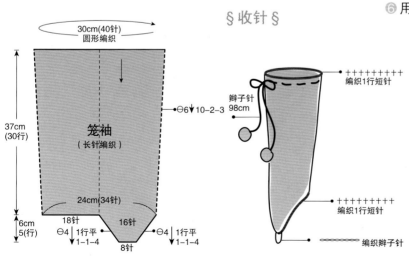

30cm（40针）
圆形编织

37cm
（30行）

笼袖
（长针编织）

⊖6↓10-2-3

24cm（34针）

6cm
5(行)

18针　16针

⊖4│1行平　⊖4│1行平
↓1-1-4　　↓1-1-4

8针

辫子针98cm

编织1行短针 ++++++++++

编织1行短针 ++++++++++

编织辫子针

笼袖绒球编织

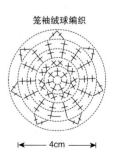

4cm

舒适的粉红色网衫

★套在衬衫或T恤外，能够体现完美朝气的粉红色网衫，用钩针以辫子针编织衣身，用棒针编织罗纹针处理衣领、袖窿和下摆，设计独特。

★成品尺寸
胸围：84cm
衣长：60cm

★材料和用具
线
闪光马海毛线：红色150g，
粉红色100g
针
直径5mm的棒针，
7/0号钩针

★标准尺寸
14针19行

· 使用的编织符号 ·

‖——	双罗纹针
╋	短针
○	辫子针
人	左上2针并1针
入	右上2针并1针

handmade color knits

舒适的粉红色网衫

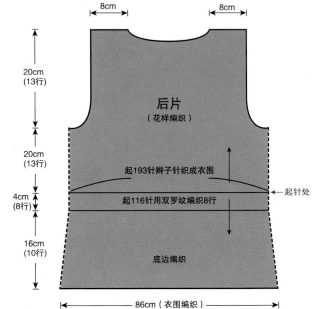

§衣身的编织§

8cm　　8cm

20cm
(13行)

后片
（花样编织）

20cm
(13行)

起193针辫子针织成衣围

4cm
(8行)

起针处

起116针用双罗纹编织8行

16cm
(10行)

底边编织

86cm（衣围编织）

★坎肩

① 将红色和粉红色闪光马海毛线各1股混合后，用7/0号钩针起193针辫子针编织衣围。

② 如图示花样编织13行。

③ 如图示减袖窿后，织13行，同时减后领围。

④ 前片也缩减袖窿和领围。

⑤ 用同样的方法编织对称的另一片。

⑥ 肩部以短针和辫子针连接。

⑦ 用直径5mm的棒针配4股红色马海毛线在起针处起116针，双罗纹编织8行后平收。

⑧ 将红色和粉红色线各1股混合后编织底边。

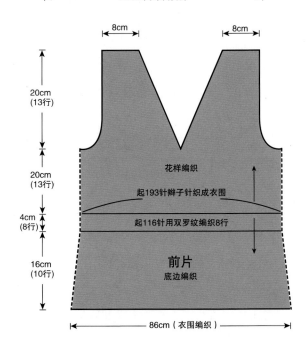

8cm　　8cm

20cm
(13行)

20cm
(13行)

花样编织

起193针辫子针织成衣围

4cm
(8行)

起116针用双罗纹编织8行

16cm
(10行)

前片
底边编织

86cm（衣围编织）

花样编织

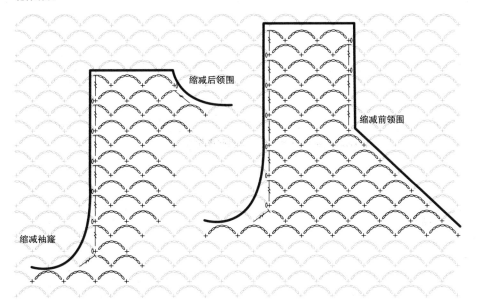

缩减后领围

缩减前领围

缩减袖窿

底边编织

§ 收针 §

在领围起138针，用双罗纹编织8行后收针。

在袖窿处起92针，用双罗纹编织8行后平收。

完成

❶用直径5mm的棒针配红色闪光马海毛线在领围起138针，用双罗纹编织8行后平收。这时在领围中间两行各用右上2针并1针、左上2针并1针减2针。

❷在袖窿起92针，用双罗纹编织8行后平收。

11

浪漫坎肩式披肩

★以简单的平针完成无加减针的编织，即使是初学者也能轻松完成这款用朦胧的杏黄色营造出浪漫风格的坎肩式披肩。

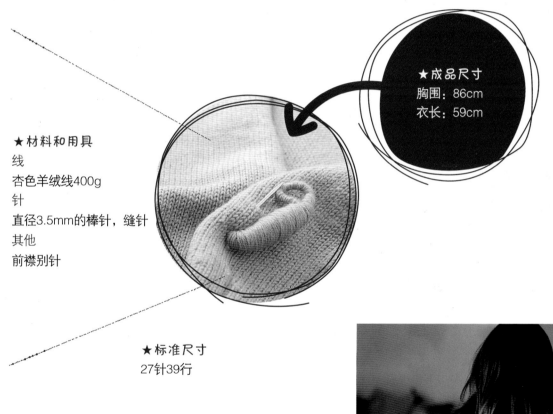

★成品尺寸
胸围：86cm
衣长：59cm

★材料和用具
线
杏色羊绒线400g
针
直径3.5mm的棒针，缝针
其他
前襟别针

★标准尺寸
27针39行

• 使用的编织符号 •
丨 下针
— 上针
⊢丨⊢ 单罗纹针

浪漫坎肩式披肩

§衣身的编织§

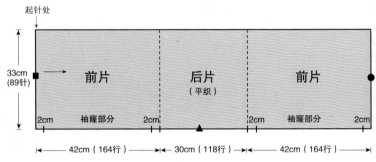

衣身花样编织

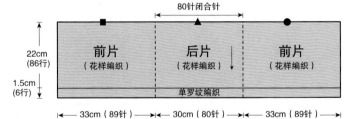

花样编织

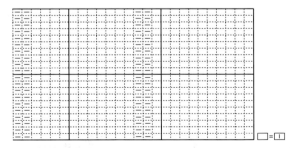

★ 坎肩式披肩

① 用别线以一般针起89针。

② 用直径3.5mm的棒针配2股杏色羊绒线平织446行，剩下的针圈挂在棒针上。

③ 在起针处将别线解开，用棒针穿过。

④ 依图中相应标示部分起针，进行衣身下摆编织，将两端的89针和中间的80针闭合针进行花样编织86行。

⑤ 再用单罗纹编织6行后用缝针收针。

§收针§

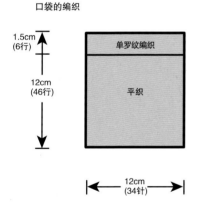

● 在别针上缠绕杏色线。

● 用缝针把口袋倾斜着缝在衣身上。

完成

❶ 将80针闭合针部分和一字形编织的后片对齐，用缝针收针。

❷ 袖窿约2cm的部分也对齐用缝针收针。

❸ 用杏色线缠绕别针，做成前襟装饰针。

❹ 口袋的编织：用直径3.5mm的棒针配2股杏色羊绒线起34针一般针，平织46行，再用单罗纹编织6行后用缝针收针。用同样的方法再织1片。

❺ 按图示倾斜口袋，用缝针将其缝在衣身上。

口袋的编织

```
1.5cm        单罗纹编织
(6行)
12cm          平织
(46行)

        12cm
       (34针)
```

连接口袋

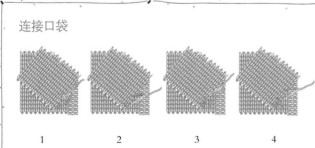

1   2   3   4

❶ 从针圈之间拉出线后，在第一针上插入缝针。

❷ 按箭头方向抽出缝针后，在首次出线的地方再插入缝针。

❸ 按箭头方向拔出针后，在出线的地方再插入针。

❹ 用同样的方法继续缝合。

12 优雅的花形图案坎肩

★使人充分体验钩针编织特有的立体感，先编织几种配色的图案，完成坎肩模型后以花样编织处理边缘。

★成品尺寸
胸围：92cm
衣长：62cm

★材料和用具
线
闪光马海毛线：
浅绿色100g，
咔叽色 100g，
栗色复合色100g
针
5/0和7/0号钩针

★花形图案
共98个

● 使用的编织符号 ●
○ 辫子针
十 短针
干 长针

优雅的花形图案坎肩

§ 衣身的编织 §

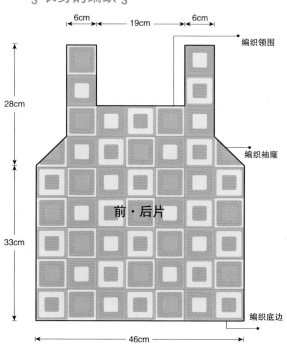

6cm　19cm　6cm

编织领围

28cm

编织袖窿

前·后片

33cm

编织底边

46cm

★坎肩

❶ 用5/0号钩针配闪光马海毛线，按照图示配色编织花形图案各32片、32片、34片，共编织98片。

❷ 如图示袖窿也织4片花形图案。

❸ 按图示连接各花形图案，使前后片成圆筒状。横向用咔叽色线连接，纵向用栗色复合色线连接。

❹ 肩膀也以同样的方法连接。

❺ 在领围、袖窿和底边进行花样编织。

❻ 用7/0号钩针配2股浅绿色线、2股咔叽色线用辫子针编织150cm作为腰带。

❼ 把织完的带子系在腰部即可。

领围的编织

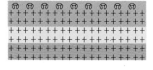

袖窿的编织

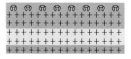

底边的编织

§花形图案的编织§

•连接图案

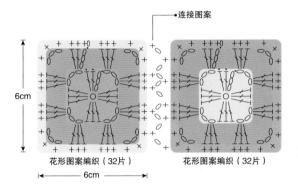

6cm

6cm

花形图案编织（32片）

花形图案编织（32片）

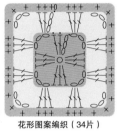

花形图案编织（34片）

袖隆部分的图案编织①（两片）

带子的编织（浅绿色线2股，咔叽色线2股）

150cm

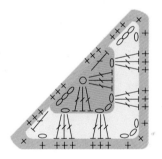

袖隆部分的图案编织②（2片）

辫子针编织

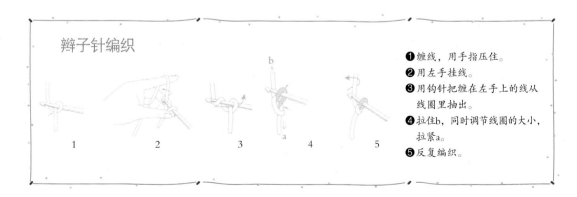

1   2   3   4   5

❶缠线，用手指压住。
❷用左手挂线。
❸用钩针把缠在左手上的线从
　线圈里抽出。
❹拉住b，同时调节线圈的大小，
　拉紧a。
❺反复编织。

3

handmade kidsknits

Sleeveless shirt

PART  温暖的冬季编织衣物

　　只用一种方式也能完成的厚实温暖的冬季编织衣物，时而体现出毛线的华丽感，时而体现出编织的层次感。让我们灵活地运用各种花样编织和华丽的针织技巧，充分体验编织所带来的幸福感和满足感吧！

13

温暖的圈圈纱外套&围巾

★通过圈圈纱特有的细腻体现温暖的外套和围脖，用起伏针可
轻易完成，缩口泡泡袖更添其可爱。

★材料和用具
线
栗色圈圈纱600g，米色毛
线少许
针
直径5mm和8mm的棒针，
7/0号钩针，缝针
其他
装饰珠少许，
纽扣6枚

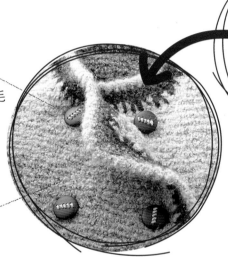

★成品尺寸
外套 胸围：80cm
　　　衣长：70cm
围巾 长度：94cm

★标准尺寸
外套 14针20行
围巾 10针18行

• 使用的编织符号 •
⊤⊤ 起伏针
十 短针
千 逆短针
下 长针
人 左上2针并1针
人 右上2针并1针
ㄨ 右加针

handmade
color
knits

温暖的圈圈纱外套&围巾

★外套

◆后片

❶ 用直径5mm的棒针配栗色圈圈纱，以一般针起80针。

❷ 用起伏针编织100行，按图示减22针。

❸ 两侧袖窿各平收3针后，再织40行，依图每侧各减16针。

❹ 剩下的针平收。

§衣身的编织§

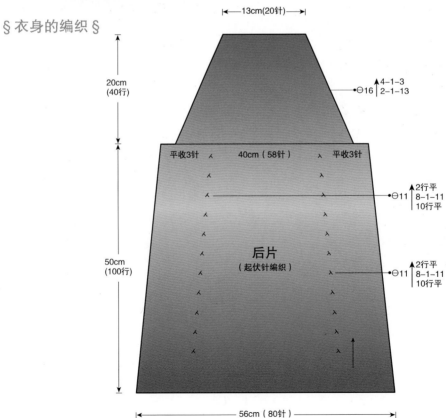

13cm(20针)

20cm
(40行)

●16 ▲4-1-3
     2-1-13

平收3针 40cm（58针） 平收3针

⊖11 ▲2行平
      8-1-11
      10行平

50cm
(100行)

后片
（起伏针编织）

⊖11 ▲2行平
      8-1-11
      10行平

56cm（80针）

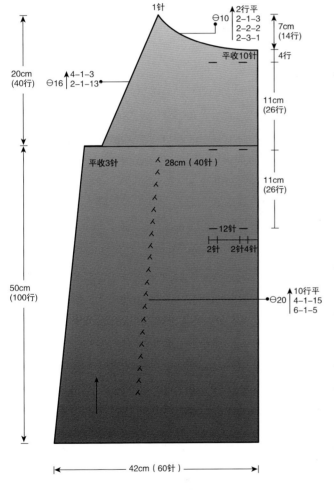

1针

2行平
2-1-3
2-2-2
2-3-1

⊖10

7cm
(14行)

平收10针

4行

20cm
(40行)

4-1-3
2-1-13

⊖16

11cm
(26行)

平收3针

28cm（40针）

11cm
(26行)

12针

2针　2针4针

50cm
(100行)

10行平
4-1-15
6-1-5

⊖20

42cm（60针）

◆前片

1 用直径5mm的棒针配栗色圈圈纱以
一般针起60针。

2 按图示减20针，同时用起伏针编织
100行。这时，在64行和92行留出
扣眼。

3 袖窿平收3针，再减16针，同时织40
行。这时在第20行里留出扣眼，从第
26行开始减前领围，先平收10针，再
依图减10针。

4 用同样的方法织对称的另一片，不
留扣眼。

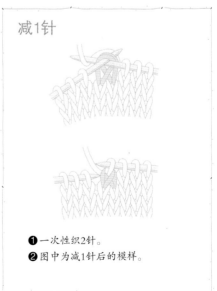

减1针

1 一次性织2针。
2 图中为减1针后的模样。

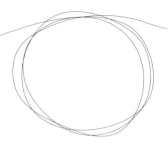

§ 袖子的编织 §

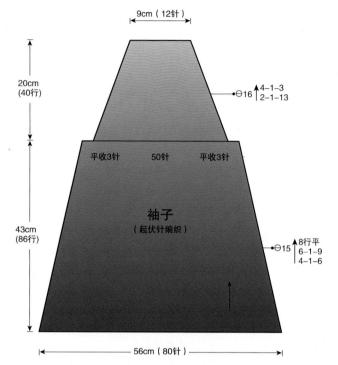

9cm（12针）

20cm
（40行）

⊖16 ┤ 4-1-3
│ 2-1-13

平收3针　　50针　　平收3针

43cm
（86行）

袖子
（起伏针编织）

⊖15 ┤ 8行平
│ 6-1-9
│ 4-1-6

56cm（80针）

◆袖

① 用5mm的棒针配栗色圈圈纱用一般
　针起80针。

② 按图示在两侧各减15针，用起伏针
　编织86行。

③ 两侧袖山各平收3针后，再织40行
　同时各减16针。

④ 剩下的针平收。

⑤ 用同样的方法织另1片。

完成

① 把前后片的边线用缝针连接。

② 连接袖子侧线做成圆筒状后，将袖窿和
　袖山对齐，用钩针以引拔针连接。

③ 整个边缘进行花样编织。

④ 袖子各减40针，用短针编织10行后，用
　逆短针再织1行。

⑤ 缝上扣子即可完成。

§ 收针 §

缘编

袖针减40针，用短
针编织10行后，用
逆短针再织1行。

§围巾的编织§

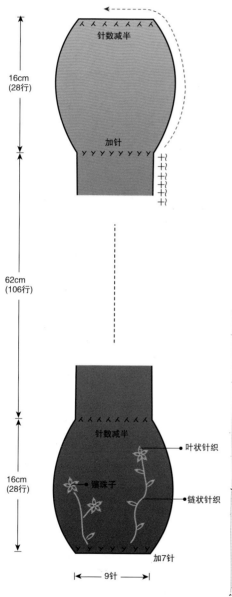

16cm
(28行)

62cm
(106行)

16cm
(28行)

针数减半

加针

针数减半

叶状针织

镶珠子

链状针织

加7针

9针

★围巾

❶ 用直径8mm的棒针配2股栗色圈圈纱,以一般针起9针。

❷ 用起伏针编织1行加7针,织成16针再织26行。

❸ 在27行用两针一次性编织的方法将针数减半,织成8针。

❹ 用起伏针编织106行。

❺ 重新将针数加倍织27行后,再将针数减半后平收。

❻ 边线全部以逆短针编织1行。

❼ 在围巾上刺绣且镶上珠子即成。

针织方法

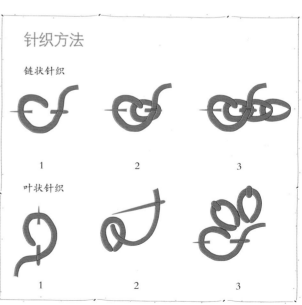

链状针织

1　2　3

叶状针织

1　2　3

14 华贵的绿色套裙

★没有复杂的技巧，只用镂空编织完成的套裙，用下针编织几片平织片后相互连接，使裙子更具雍容华贵的气质。

★成品尺寸
裙子 臀围：100cm
裙长：49cm
毛巾 胸围：80cm
衣长：51cm
袖长：36cm

★材料和用具
线
草绿色光平绒线700g
针
直径3.5mm和3mm的棒针
5/0号钩针，缝针

★标准尺寸
裙子 22针33行
毛衣 21针33行

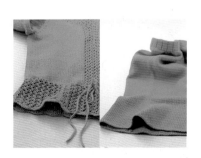

● 使用的编织符号 ●
一	下针
O	镂空针
人	左上2针并1针
入	右上2针并1针
↑	长针
O	辫子针
+	短针

华贵的绿色套裙

§衣身的编织§

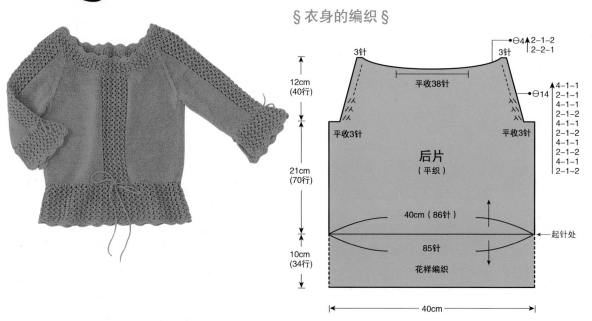

★毛衣

◆后片

❶ 用直径3.5mm的棒针配草绿色光平绒线以一般针起86针，平织70行。

❷ 两侧袖窿各平收3针后，按图示各减14针。

❸ 第35行织8针后返回，如图示，同时减袖窿和后领围。

❹ 在领围第一针上挂新线，平收38针后，按同样的方法减另一侧后领围和袖窿，最后平收剩下的3针。

花样编织

□=□

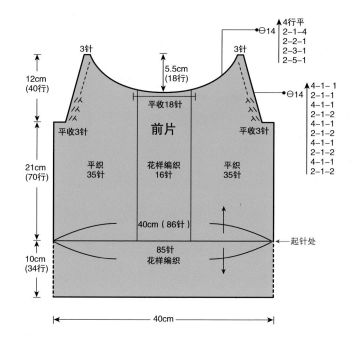

4行平
2-1-4
2-2-1
2-3-1
2-5-1

⊖14

3针　　　　　　3针

5.5cm
(18行)

平收18针

4-1-1
2-1-1
4-1-1
4-1-2
4-1-1
2-1-2
4-1-1
2-1-2
4-1-1
2-1-2

⊖14

12cm
(40行)

前片

平收3针　　　　平收3针

21cm
(70行)

平织
35针

花样编织
16针

平织
35针

40cm（86针）

85针
花样编织

10cm
(34行)

起针处

40cm

◆前片

❶ 用直径3.5mm的棒针配草绿色光平绒线以一般针起86针。

❷ 按照平织35针、花样编织16针、平织35针的方式织70行。

❸ 两侧袖窿各平收3针后，接图示各减14针。

❹ 第23行织23针后返回，按图示减前领围，此时袖窿也同时减针，剩下的3针平收。

❺ 在领口第一针上挂新线，平收18针后，用同样的方法减另一侧后领围和袖窿。剩下的3针平收。

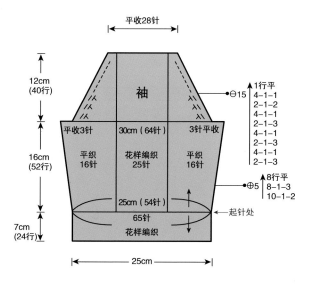

平收28针

1行平
4-1-1
2-1-2
4-1-1
2-1-3
4-1-1
4-1-1
2-1-3

⊖15

12cm
(40行)

袖

平收3针　30cm（64针）　3针平收

16cm
(52行)

平织
16针

花样编织
25针

平织
16针

⊕5

8行平
8-1-3
10-1-2

25cm（54针）

65针
花样编织

7cm
(24行)

起针处

25cm

◆袖子

❶ 用直径3.5mm的棒针配草绿色光平绒线以一般针起54针。

❷ 按照平织16针、花样编织25针、平织16针的方式两侧各加5针编织52行。

❸ 两侧袖山各平收3针，各减15针编织40行。

❹ 剩下的28针平收。

❺ 袖子底边加11针起65针，花样编织24行后平收。

❻ 用同样的方法再织1片。

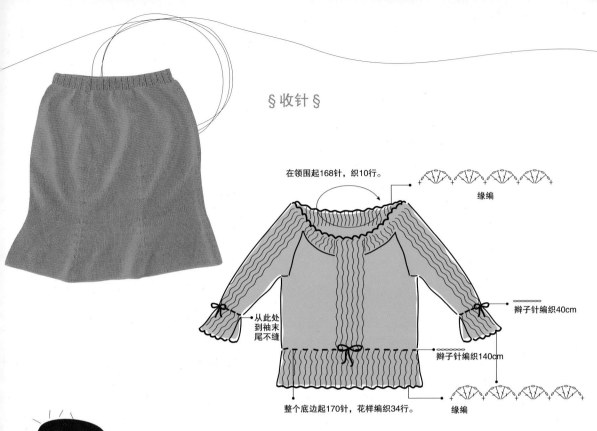

§收针§

在领围起168针，织10行。

缘编

辫子针编织40cm

←从此处
到袖末
尾不缝

辫子针编织140cm

整个底边起170针，花样编织34行。

缘编

完成

❶把前后侧线对齐，用缝针连接。

❷用缝针连接袖子两侧线，做成圆筒状，此时底边的花样部分不连接。

❸在前后片的袖窿处将圆筒形的袖子连接上。

❹在领围起168针，花样编织10行后平收。

❺整个底边起170针，花样编织34行后平收。

❻领围、底边衣围、底边袖围用钩针进行缘编织。

❼用辫子针编织2条长40cm、1条长140cm的带子，穿在袖子和衣身上，系好。

下针连接

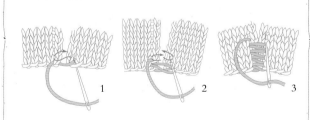

1   2   3

❶将要连接的两片对齐，按箭头方向插入缝针。

❷依箭头所示方向进行缝合。

❸拉线，使之看不到中间空隙。

§裙子的编织§

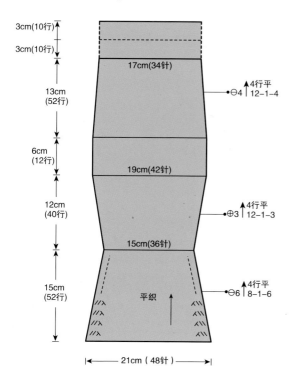

3cm(10行)
3cm(10行)

17cm(34针)

13cm
(52行)

4行平
●⊖4 12-1-4

6cm
(12行)

19cm(42针)

12cm
(40行)

4行平
⊕3 12-1-3

15cm(36针)

15cm
(52行)

平织

●⊖6 4行平
8-1-6

21cm（48针）

§收针§

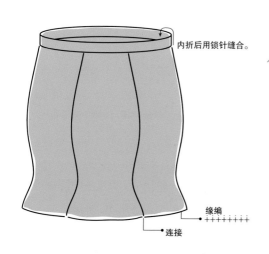

内折后用锁针缝合。

缘编
+++++++++

连接

★ **裙子**

❶ 用直径3.5mm的棒针配草绿色光平绒线
起48针。

❷ 两侧各减6针，平织52行。

❸ 再在两侧各加3针，织40行后再平织12
行。

❹ 再在两侧各减4针，织52行。剩下的针圈
挂在棒针上。

❺ 用同样的方法再织5片。

完成

❶ 按图示用缝针将织好的6片连成圆筒状。

❷ 留在棒针上的所有针圈一次穿过，织10
行。

❸ 换为直径3mm的棒针再织10行后平收。

❹ 将一半折向内侧后用锁针缝合。

❺ 在整个底边进行缘编。

15

优雅的蝶袖女衫

★该款是用钩针就能轻松完成的优雅蝶袖女衫，用漂亮腰带装饰上衣，比起华丽样式穿着更舒服，可以随意与便装搭配，自然优雅。

★成品尺寸
胸围：96cm
衣长：72cm

★材料和用具
线
紫色混合色马海毛线250g，
粉红色更换线40g
针
5/0号钩针
其他
腰带装饰环6个，木珠16个

★标准尺寸
衣身 3个花样8行
袖子、衣身 24针10行

●使用的编织符号●
Ⅲ 长针3针的枣形针
○ 辫子针
十 短针
下 长针

优雅的蝶袖女衫

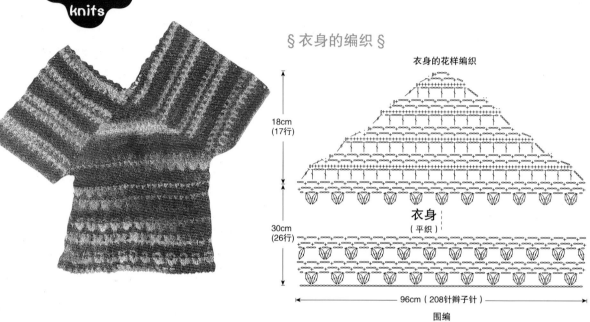

§衣身的编织§

衣身的花样编织

18cm
(17行)

30cm
(26行)

衣身
（平织）

96cm（208针辫子针）

围编

★女衫

◆前、后片

① 用5/0号钩针配紫色混合色马海毛线起208针辫子针。

② 按图示花样围编26行。

③ 将花样分为前后片，按图示减针织成三角形模样。

④ 用同样方法，将另一片也减针织成三角形模样。

◆袖子

① 用5/0号钩针配紫色混合色马海毛线织125针辫子针，依图花样编织33行。

② 用同样的方法再织1片。

袖子的花样编织

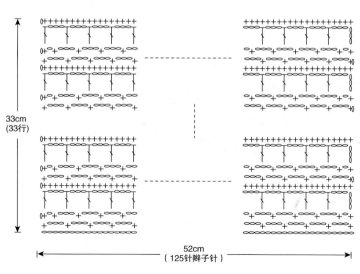

33cm
(33行)

52cm
（125针辫子针）

§腰带的编织§

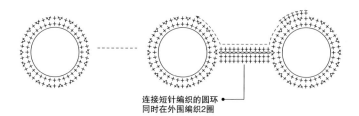

连接短针编织的圆环
同时在外围编织2圈

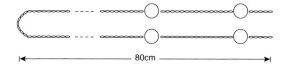

80cm

§收针§

★腰带

❶ 依图，用2股马海毛线在腰带的圆环上编织1行短针。

❷ 换用粉红色线将短针编织后的圆环依图连接。

❸ 编织80cm长的辫子针，同时穿上珠子，编4条。

❹ 将编好的带子系在腰带两侧做装饰。

领围的缘编

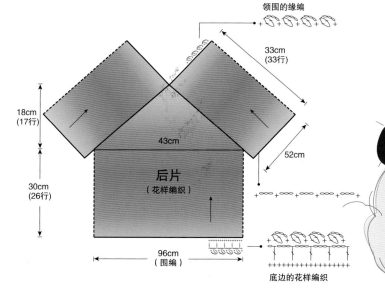

33cm
(33行)

18cm
(17行)

43cm

52cm

30cm
(26行)

后片
（花样编织）

96cm
（围编）

底边的花样编织

完成

❶ 按图示把袖子和衣身前后片对齐，用短针连接。

❷ 另一侧也以同样的方法连接。

❸ 在衣身底边、袖围和领围处按图示进行缘编。

16 交叉纹毛衣&蝶状围巾

★完美体现马海毛线特有的柔软和温暖的毛衣和围巾。用逆短针编成的围巾，女性化十足，围上之后，可以尽显颈部的优美曲线。

★成品尺寸
围巾 长度：140cm
　　 宽度：16cm
毛衣 胸围：84cm
　　 衣长：57cm
　　 袖长：22cm

★材料和用具
线
灰色复合色马海毛线200g，
栗色开丝米线200g
针
直径6mm、4mm、4.5mm
的棒针，7/0号钩针，缝针

★标准尺寸
毛衣　19针24行
围巾　14针35行

• 使用的编织符号 •
| 下针
‖— 双罗纹针
⧣ 3×3交叉针

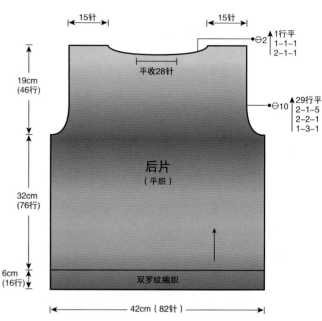

§衣身编织§

15针　　　　　　　　　　15针

●⊖2 ┃1行平
1-1-1
2-1-1

平收28针

19cm
(46行)

●⊖10 ┃29行平
2-1-5
2-2-1
1-3-1

后片
（平织）

32cm
(76行)

6cm
(16行)

双罗纹编织

42cm（82针）

★ **毛衣**

◆ **后片**

① 用别线以一般针起42针。

② 将1股灰色复合色马海毛线和1股栗色线合并，用直径4mm的棒针，以延伸的双罗纹编织法织成82针后，用双罗纹编织16行。

③ 换用直径4.5mm的棒针平织76行。

④ 两边的袖窿依图各减10针，再平织29行。

⑤ 肩膀织17针后返回，减2针后再织1行，剩下的针圈挂在棒针上。

⑥ 在领围第一针上挂新线平收28针。用同样方法织另一侧后领围，剩下的针圈挂在棒针上。

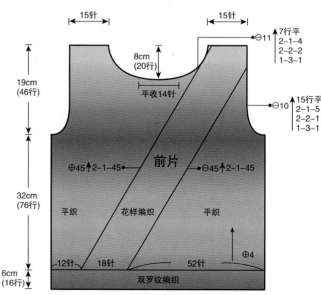

15针　　　　　　　　　　15针

●⊖11 ┃7行平
2-1-4
2-2-2
1-3-1

8cm
(20行)

平收14针

19cm
(46行)

●⊖10 ┃15行平
2-1-5
2-2-1
1-3-1

⊕45 ↑2-1-45　　　前片　　　⊖45 ↑2-1-45

32cm
(76行)

平织　　　花样编织　　　平织

⊕4

6cm
(16行)

12针　　18针　　　　　52针

双罗纹编织

42cm（82针）

§花样编织§

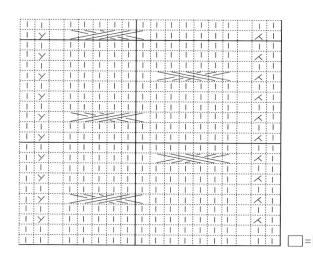

□ = ─

★ 毛衣

◆前片

① 用别线以一般针起42针。

② 将1股灰色复合色马海毛线和1股栗色开丝米线合并用4mm的棒针延伸罗纹针织成82针，用双罗纹针织16行。

③ 换用直径4.5mm的棒针平织52针，花样编织18针，平织12针。这时平均分开加4针进行编织，织76行花样编织。

④ 两侧袖窿各减10针后再织15行。肩膀织26针，返回，减11针，再织7行后剩下的针圈挂在棒针上。

⑤ 在领口第一针上挂新线，平收14针后，以同样方法减另一侧前领围，剩下的针圈挂在棒针上。

§袖子的编织§

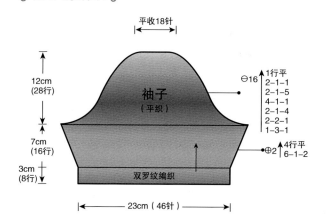

◆袖

① 用别线以一般针起24针。

② 将1股灰色混合色马海毛线和1股开丝米线合并后，用直径4mm的棒针以延伸罗纹针织成46针。

③ 换用直径4.5mm的棒针两侧各加2针平织16行。

④ 袖山依图减16针，剩下的18针平收。

⑤ 用同样的方法再织一片。

§ 收针 §

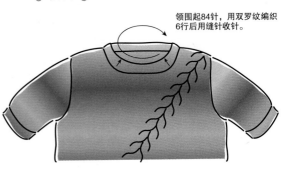

领围起84针，用双罗纹编织6行后用缝针收针。

完成

① 把前后片对齐，以缝针连接肩针。
② 对齐前后片侧线，用缝针缝合。
③ 袖子两侧用缝针缝合，做成圆筒状。
④ 衣身的袖窿线和袖子对齐，用钩针以引拔针连接。
⑤ 在领围起84针，用双罗纹编织6行后以缝针收针。

★ 围巾

① 用直径6mm的棒针配灰色复合色马海毛线用一般针起22针。
② 如图示逆编织22行后，再织6行。用同样的方法再织19个花样后平收。

§ 围巾的编织 §

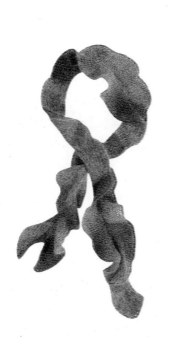

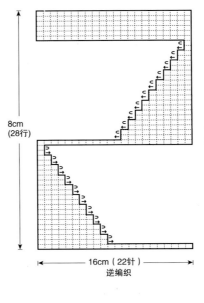

8cm（28行）

16cm（22针）
逆编织

§ 收针 §

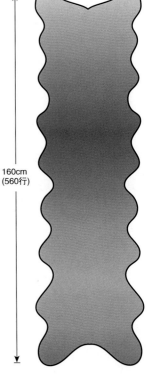

160cm（560行）

七宝针编织的浪漫毛衣

★用七宝针一次性织成的浪漫毛衣，完美地体现出棒针编织的平面结构和七宝针的自然和谐。

★成品尺寸
胸围：84cm
衣长：59cm
袖长：49cm

★材料和用具
线
咔叽色开丝米线400g，
浅绿色闪光马海毛线100g
针
直径3mm的棒针，5/0号钩
针，缝合针
其他
装饰亮片少许

★标准尺寸
28针40行

●使用的编织符号●

$\mathbf{I}$	下针
	七宝针
+	短针
O	辫子针
	逆短针
	短上针

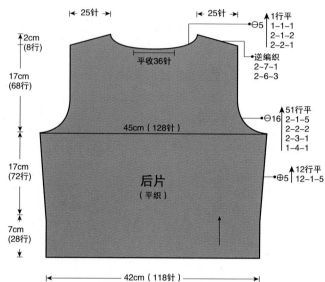

handmade color knits 七宝针编织的浪漫毛衣

§ 衣身的编织 §

★毛衣

◆后片

1 用直径3mm的棒针配咔叽色开丝米线以一般针起118针，平织28行。

2 两侧各加5针，织72行。

3 两侧袖窿各减16针后再织51行。

4 织30针后返回，按图示减5针缩减后领围。这时用逆编织织肩膀线。

5 在领口第一针上挑起新线平收36针，用同样的方法减后领围。

衣身的花样编织

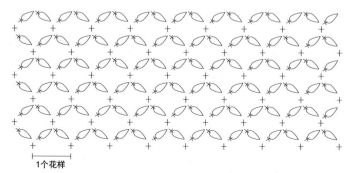

1个花样

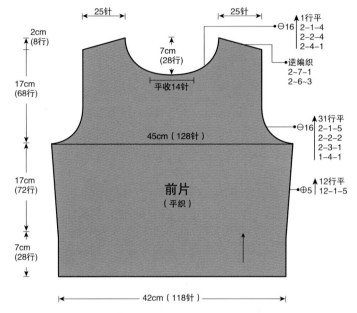

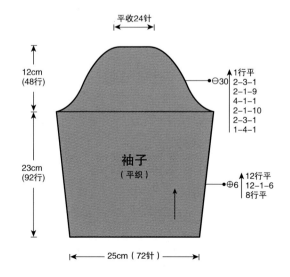

◆前片

1️⃣ 用直径3mm的棒针配咔叽色开丝米线用一般针起118针，平织28行。

2️⃣ 两侧各加5针，编织72行。

3️⃣ 两侧袖窿各减16针再织31行。

4️⃣ 织41针，返回，减16针缩减前领围，再织2行后进行逆编织。

5️⃣ 在领口第一针上挂新线，平收14针，用同样的方法减另一侧前领围。

◆袖子

1️⃣ 用直径3mm的棒针配咔叽色开丝米线以一般针起72针，两侧边线各加6针平织92行。

2️⃣ 两侧袖山各减30针织48行，剩下的针平收。

3️⃣ 用同样的方法再织1片。

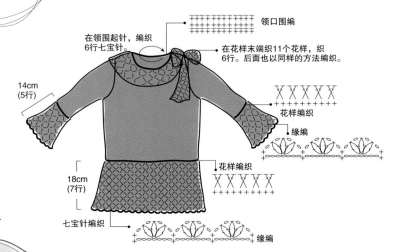

§ 收针 §

领口围编

在领围起针，编织
6行七宝针。

在花样末端织11个花样，织
6行。后面也以同样的方法编织。

14cm
(5行)

花样编织

缘编

18cm
(7行)

花样编织

七宝针编织

缘编

完成

① 把前后片对齐后以平收的方法连接肩部。

② 用缝针缝合前后片侧线。

③ 连接袖子两侧边线做成圆筒状。

④ 对齐前后侧的袖窿线，用钩针以引拔针连接。

⑤ 领口先以钩针进行围编。将1股咔叽色开丝米线和1股马海毛线合并后，在领围逆短针和短针间隙里起针，用七宝针织22个花样，织6行，领围的七宝针花样末端织成11个花样后再织6行，织成带子。用同样的方法也将后面织成带子。在领围七宝针编织段底端，用亮片装饰。

⑥ 袖围以钩针花样编织后，用七宝针织13个花样，织5行后用1股咔叽色开丝米线进行缘编。另一侧也以同样的方法编织。

⑦ 底边进行花样编织后，用七宝针编织44个花样，编织7行后，用1股咔叽色开丝米线进行缘编。

七宝针编织

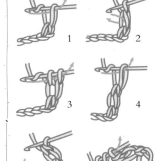

1

2

3

4

5

6

① 按图示织1针短针和1针辫子针。辫子针圈按希望的大小编织。

② 按图示箭头的方向插针、挂线。

③ 按图示以短针编织挂着的针圈。

④ 和1相同的方法织辫子针，辫子针圈大小要一致。

⑤ 用2的方法编织短针，按箭头方向插针。

⑥ 编织短针。用同样的方法反复编织。

逆短针（右侧）2~4~3

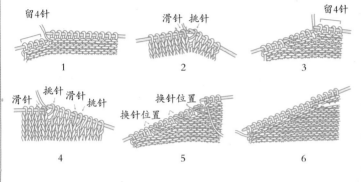

留4针 　　　　 滑针 挑针 　　　　 留4针

1 　　　　 2 　　　　 3

滑针 挑针 滑针 挑针 　　 换针位置 　　 换针位置
　　 换针位置

4 　　　　 5 　　　　 6

❶ 第一行编织后留4针。
❷ 翻面织第2行。如图示将线绕挂
　 在右针上。滑针不织，向右移
　 针。
❸ 第3行再留4针。
❹ 同2，用同样的方法织到第6行
　 为止。
❺ 如图示，改变针的位置后2针一
　 次性编织，并整理斜坡。
❻ 完成后的样子。

逆编织（左侧）2~4~3

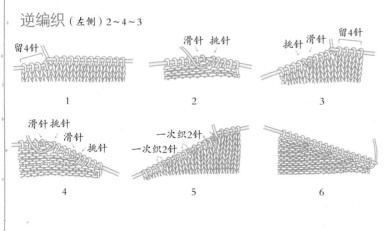

留4针 　　　　 滑针 挑针 　　 挑针 滑针 留4针

1 　　　　 2 　　　　 3

滑针 挑针 　　 一次织2针 　　
　 滑针 　　 一次织2针 　　
　 挑针 　　

4 　　　　 5 　　　　 6

❶ 第一行编织后留4针。
❷ 翻面织第2行。如图示将
　 线绕挂在右针上。滑针
　 不织，向右移针。
❸ 第3行再留4针。
❹ 同2，用同样的方法织到
　 第6行为止。
❺ 如图示，改变针的位置
　 后2针一次性编织，并整
　 理斜坡。
❻ 完成后的样子。

手工编织符号

想尽快熟悉手工编织，就要先掌握看符号的方法。这样即使是第一次见到的花样编织图案，也能从容地一针一针编织下去。

下针

1 将线放在后侧，按箭头方向由前向后插入右针。

2 在针上挂线，向前拖出。

3 下针完成。

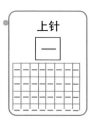

上针

1 把线放在前面，右针从后向前穿出。

2 在针上挂线向前拉出。

3 上针完成。

镂空针

1 从前侧挂线到右边棒针上。

2 在棒针上绕一针后织下针。

3 织完下一行，镂空针完成。

右上2针并1针

1 左针不织，直接移到右针上。

2 左针用下针编织，移到右针上的针圈藏在该针圈后。

3 右上2针并1针完成。

 左针中上 3针并1针	3针一起 **1** 将左针按箭头方向一并插入右针的3个针圈内。	 **2** 用下针一次性编织3针。 **3** 1针左上3针并1针完成。

右加针	前一行的针 **1** 在织左棒针第1针前，先用右棒针从这一针前1行的针圈中挑织1针下针。	 **2** 右棒针上的1针也织下针。 **3** 右加针完成。

滑针	**1** 将线放在后侧，穿针，不编织移针。	 **2** 滑针完成。

延伸针	**1** 在延伸上来的针上穿右针，挑掉上面的针。	 **2** 移针后和加针一起编织下针。  **3** 延伸针完成。

	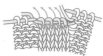 **1** 把4针下针交叉编织针圈，挂在棒针上，先编织1针上针。	**2** 把4针下针按顺序编织。

[钩针符号] 了解一下经常使用的钩针符号和针法吧！熟悉针法以后，就可以轻而易举地编织钩针了。

短针		

1 向上锁1针后，从第2针的半针和内侧之间穿针。

2 把针钩在线上，按箭头方向拉出。

3 再一次在针上挂线，一次拉出两个圈。

4 用相同的方法反复编织。

长针

1 从第2针开始编织长针。

2 把稍微长一点的线拉出。

3 挂线，1次拉出2针。

长针3针的枣形针

1 按箭头方向穿针，拉出线圈。

2 稍微揪紧编织。

3 再按箭头方向穿针，拉出线圈。

4 稍微揪紧，编织。

5 再按箭头方向穿针，拉出线圈。

6 使3针的长度相同。

7 挂线后，把挂在针上的所有线圈一次抽出。

8 长针3针的枣形针完成。

双重短针

1 按箭头方向，插针，挂线。

2 将拉出的线用短针编织1针。

3 在这行的底端插针，挂上长线。

4 将拉出的线编织短针。

5 短针1针，长的短针1针，如此反复编织。在下一行上，分别用长的短针编织，短针编织来对应短针编织，长的短针编织。

手工编织方法

[收缝] 在收缝中最重要的通常是为了避免看到接缝而应该完美地进行缝合。

下针缝合（棒针在两边针圈上的情况）		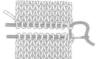		
	1 将后侧针上的第1针从后向前穿针抽出。	**2** 返回前侧的第1针，在前面穿针并从后向前穿针钩出。	**3** 从后侧第1针的前面穿针从第2针的后面开始向前钩出。	**4** 重复编织2～3。

下针缝合（两边针圈均收针的情况）	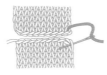		
	1 在前侧的尾针上穿针到后侧相同的针上织1针。		**2** 用同样的方法，将下针缝合。

引拨针缝合	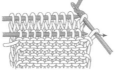	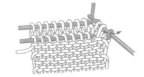	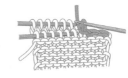
	1 对齐带棒针的两片织片，用钩针在第1针上挂线钩出。	**2** 两边的第2针和开始的1针一起钩出。	**3** 像②那样挑线，用短针编织法藏针。

[缝织] 缝织和收缝一样，是左右作品修饰的重要部分，用来提高手工编织的完成度。

上针编织时			
	1 在第1针和第2针之间用向下的针织1行	**2** 每1行向左右浮走编织。	**3** 拉线直到看不到缝线。

[加针] 加针是编织袖子或衣身时经常使用的方法之一，加针时要注意不要使加针的部分松弛。

| 向末端加1针（右边） | 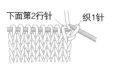 下面第2行针　织1针
1 编织末端的1针在下面第2行的针中穿入左针的末端延伸针编织。 | 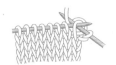
2 在延伸针上插入右针，用下针编织。 | 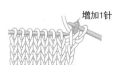 增加1针
3 加1针完成。 |

| 加针法加针 | 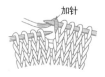 加针
1 在加针的位置织下针的时候加针。 | 
2 扭上一行的加针用上针编织。 | 
3 加1针完成。 |

[减针] 织袖窿围、领围时最常用的方法，减针时容易过松或过紧，配合好末端针的平衡很重要。

| 左端 | 
1 把两针织到前面，一次性编织左针的两针。 | 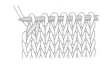
2 左端减针完成。 | |

| 右端 | 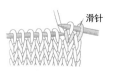 滑针
1 末端的1针在右针上织滑针后编织。 | 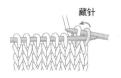 藏针
2 藏起滑针编织的针。 | 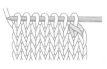
3 右端减针完成。 |

[收针] 收针时最重要的是使线看起来不松不紧看上去自然美观。用来收针的线需要收尾长度的3~4倍。

棒针藏针收针	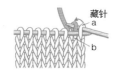		
	1 在右针上穿a针编织b针后用左针把a针藏在b针中。	2 每织1针的同时，用相同的方法反复藏针。	3 藏针完成。

1针罗纹针缝针收尾（尾针是下针的情况）	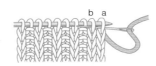	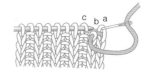
	1 从a针后侧穿针从b针后面向前抽出。	2 返回a针穿针，跳过b针，c针从前端向后抽出。
	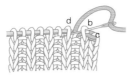	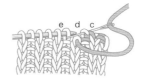
	3 返回b针在前端穿针，跳过c针，d针从后向前抽出。	4 用相同的方法编织，最后一针上2次穿针平收。

逆短针			
	1 按照箭头方向插针。	2 挂线，按照图示钩出。	3 用编织短针的方法编织后，沿2号箭头的方向插针，用相同的方法进行编织。	4 最后，用棒针沿1、2箭头的方向使线通过后，向里抽出，把线整理好。